神秘的卡弥拉

Carmilla and Other Stories

[爱尔兰]谢里登·拉·法纽——著

王巧俐——译

上海文艺出版社
上海故事会文化传媒有限公司

编委会

总策划 夏一鸣

主　编 黄禄善

副主编 高　健

编辑成员（按姓氏拼音为序）

蔡美凤　高　健　洪圣兰　胡　捷

黄禄善　吴　艳　夏一鸣　杨怡君　朱崟滢

名家导读

/ 肖惠荣

肖惠荣（1980— ），女，江西樟树人，文学博士，2008年毕业于北京师范大学比较文学与世界文学专业，现为江西师范大学文学院教师，兼任江西师范大学叙事学研究中心副主任、江西省外国文学学会副秘书长，主要从事外国文学及叙事学的教学与研究工作。已在《外国文学研究》《甘肃社会科学》《江西师范大学学报》（哲社版）等核心刊物发表相关学术论文数篇，其中《叙事的无所不在与叙事学的与时俱进》（第一作者）被人大复印资料《文艺理论》转载。译著有《香烟、高跟鞋及其他有趣的东西:符号学导论》（第一译者），主持江西省社科规划课题、江西省高校人文社科课题、江西省哲学社会科学重点研究基地重点课题各一项。

随着《暮光之城》《夜访吸血鬼》等影片的走红，"吸血鬼（Vampire）"这一欧洲传统形象迅速在全球范围内蹿红，成为当代大众文化的一个典型。然而，早在《圣经·创世记》中，亚当和夏娃的儿子该隐因嫉妒和不满杀死了弟弟亚伯，上帝严惩了他，将其打入黑暗之中，罚其居无定所，勒令该隐及其子孙不可再从事耕作，只能以血为生。该隐受罚的故事被认定为吸血鬼故事的滥觞,而该隐及其后代则被认为是吸血鬼家族的伊始。

随着基督教在欧洲各地的传播,吸血鬼传说一度流传甚广。"鲜血"在基督教教义中也有特殊的含义,基督用自己的血拯救了人类,在中世纪后期,一些巫师和医生认为血有赎罪和治病救人的功能,黑死病的流行和狂犬病的出现使得吸血鬼传说一度蔚然成风。为了治疗瘟疫,当时的医生常使用"放血治疗"法,病人苍白的脸色,叠加在传说中的"怪物"身上,后被演绎为吸血鬼的模样。给予吸血鬼传说致命一击的是18世纪出现的启蒙运动,启蒙运动让科学和理性等观念深入人心,科学理性主义开始大行其道,吸血鬼传说逐渐销声匿迹。即便如此,在18世纪末,吸血鬼传说仍是法、德等国贵妇人沙龙谈论的重要话题,尽管人们不再相信吸血鬼传说的真实性,但为一抒怀旧之情,这一时期的艺术家在虚构世界中将吸血鬼刻画成各种可能的样子,爱尔兰作家拉·法纽(Le Fanu)便是其中的先驱者之一。

拉·法纽于1814年出生在爱尔兰首都都柏林。他从小体弱,无法像其他小孩一样从事更多的室外运动,只能坐在奶妈身旁静静地听她讲述民间传说和故事——怪诞诡异的主角、骇人听闻的情节,奶妈讲得绘声绘色,拉·法纽听得津津有味。这些恐怖的民间故事在他幼小的心灵里打下了深深的烙印,耳濡目染,他对此类人物和故事产生了浓厚的兴趣,从拉·法纽的童年经历中,我们理解了为什么爱尔兰盛产灵怪小说家,这与当地流传的民间故事和传说有着密切的关系。

拉·法纽的父亲是位牧师，他希望自己的儿子能子承父业，为了实现这一愿望，他把儿子送入都柏林的三一学院中，但神学院的求学生涯反而激发了拉·法纽对小说创作的兴趣。在此期间，他阅读大量与幽灵、魔女、吸血鬼等怪异形象相关的研究书籍。1845年，他发表了《公鸡和锚》(The Cock and Anchor)，这部小说标志着拉·法纽创作生涯的正式开始，自此之后，他开始逐渐展现出灵异小说的创作天赋，陆续发表了许多作品，其中最有名的便是他晚年创作、发表的《神秘的卡弥拉》(Carmilla, 1872)。

尽管国内读者对拉·法纽这个名字还不甚了解，但"卡弥拉"这个名字却经常出现在与吸血鬼相关的文献资料中，尽管年代久远，却经常被列入十大经典吸血鬼形象之中。这位女吸血鬼身上那种令人神往而又让人心生恐惧的美丽，是其他同时代作品中主人公所无法比拟的。在拉·法纽死后近二十五年，另一位爱尔兰作家布莱姆·斯托克(Bram Stoker)从《神秘的卡弥拉》中获得了灵感，于1897年创作了另一部吸血鬼小说《德拉库拉》(Dracula)。两部小说的主人公虽雌雄有别，但细细品味，会发现两者有惊人的相似，德拉库拉活脱脱一个男版的卡弥拉——他们都是生活在人群中的异类，在夜深人静的时候，潜入受害者的房间，趁其不备吸食他们的鲜血。而吸血鬼赖以生存的"鲜血"，恰恰是人类生命之本，这两部小说中，在遭受吸血鬼的攻击后，受害者的身体变得越来越虚弱，直至死亡。值得注意的是，在吸血鬼和受害者之间，除了身体上的伤害之外，时常还掺杂着一种来自情欲的施虐与受虐关系。

《德拉库拉》一经出版，便引发了热烈反响，粉丝如云。即便到了今天，它也是世界范围内最负盛名的吸血鬼小说之一，被改编成各类影视作品，出现在人们的视野中，因其出版年限较早，很多读者将其追捧为"吸血鬼小说"的开山鼻祖。但仔细推敲起来，《神秘的卡弥拉》才是第一部吸血鬼小说，拉·法纽不仅塑造了小说史上第一个吸血鬼形象，更为重要的是，在处理女主人公的感情问题上，作者触及了几百年后在人类社会中依然敏感的话题——同性恋的文体，这种不被世俗所许可的爱情可能因为发生在吸血鬼身上，反而具有了一种谜之魅力。从叙述技巧上看，《神秘的卡弥拉》带有明显的维多利亚时代特征，它也是一部根植于哥特传统的著作。

正如《论传统》一书的作者希尔斯所言，"每一部文学作品的创造都依赖其他文学作品的存在"，哥特小说中的故事大多发生在被树木环绕的古老城堡中。在女主人公劳拉的回忆中，我们看到了她对自家住所的精确描绘——这也是一座被孤立的城堡，坐落在丛林中间，"有人烟的村庄"远在七英里开外，家中也只有区区数人，住在这样一个偏僻孤静之处，对于一个渴望玩伴的少女来说，家中的风景无疑是"优美而寂寥"的。

当吸血鬼卡弥拉假扮成少女、假装车祸出现在劳拉面前时，对友谊渴望已久的劳拉恳求父亲收留她，在往后的日子里，两人越走越近。殊不知，这一场邂逅不仅是人为的，还差点让劳拉英年早逝。文中反复提到，劳拉对卡弥拉有种异常熟悉的感觉，因为卡弥拉经常出现在自己的梦中。在随后的交往中，一方面劳拉不由自主地被她吸引，在劳拉的眼中，卡弥拉"身段苗条，气质相当优雅"；另一方面又觉得她某些时候不太招人喜欢。卡弥拉举止"十分倦怠"，几乎不讨论自己的家庭，食宿习惯不同于寻常人，从未听她谈及宗教信仰，最让叙述者"我"难以忍受的是，卡弥拉经常以男士的方式向她大献殷勤，劳拉对此既反感，又无法抵抗。需要注意的是，让劳拉陷入这样一种困境中，其父起了推波助澜的作用。从小说一开始，这位从头到尾都没有出现过姓名的成年男性便显现出对卡弥拉非比寻常的关心，他很关心卡弥拉的健康，当卡弥拉提出要离开此地时，他千方百计劝阻，当卡弥拉终于答应要留下时，他"喜笑颜开，以他的老式做派彬彬有礼地吻了吻卡弥拉的手"。尽管卡弥拉对他的溢美之词无动于衷，这位英国绅士还是对卡弥拉的美貌大加赞赏，说她的容貌能让画像美轮美奂。他对卡弥拉热情万分，除了受其妖里妖气的外表吸引外，我们找不到更为合理的解释了。另外，在故事的尾声部分，拉·法纽插入一个异性恋故事，似乎表明：卡弥拉成为一名同性恋者乃是"身不由己"，即便她变成一个吸血鬼只对女性感兴趣后，她对异性的吸引力依然没有消失，这点从她对劳拉父亲的吸引力上可见一斑，在标新立异的同时，拉·法纽还是迎合了大众的审美趣味，这或许解释了为什么在风气相对保守的19世纪，《神秘的卡弥拉》的面世没有引起读者的公然抵制。

从劳拉病症的加重到卡弥拉被"毁尸灭迹"，此故事的后半程变成了后世吸血鬼小说的一个套路：吸血鬼秘密的解开是基于一个偶然的因素，牧师是吸血鬼的天敌，他提供的"尖桩"等工具是消灭吸血鬼最好的武器。这是否表明，这个从宗教蜕变而来的故事最终只有再回到宗教中，人类才能得到彻底的救赎？

肖惠荣
2018.1.20

Contents

神秘的卡弥拉　1

绿茶　99

故人　144

神秘的卡弥拉

引子

在下面这个故事随附的一份文档中,赫塞柳斯医生做了一个颇为详细的注释,提到了一篇讲述这起神秘事件的文章。在那篇文章中,他凭借一贯的学识和敏锐,以惊人的、直接又精练的笔法记录和阐释了这起神秘事件,而该文不过是这位奇才系列文集中的小小一卷罢了。

我在本书中披露此事,仅仅是为了引起"外行"的兴趣。我不该抢在事件原述者——那位聪明小姐前面公开此事,因此,适当地考虑后,我决定,不公开这位饱学博士的推理框架,也不对他就某物的评述做任何摘录。据他说,此物"可能关乎我们的两种存在形式及其中间状态最深邃的奥秘"。

许多年前，赫塞柳斯医生开始跟一位似乎十分聪明细致的小姐通信，我迫不及待地找到这篇文档，重温他们的通信。但我遗憾地发现，在此期间，她已经过世了。

可以说，下面她讲述的这个故事已十分详尽，没什么好补充的了。

梦魇

在施蒂利亚[1]，我家虽非望族，却也住在城堡里。在这个地方，一点微薄的收入就能丰衣足食，一年有个八九百简直就是神仙生活了。我父亲是英国人，也给我取了个英国名字，可我从未去过英国。虽说我们的家底不好跟国内的富豪比，可在这个穷乡僻壤，样样东西都便宜得出奇，我真觉得，再多的钱也不会让我们过得比现在更舒适甚至奢侈了。

我父亲曾在奥地利军中服役，退伍后靠着一笔津贴和祖传遗产以十分优惠的价格买下了这座封建时期的老宅和它所在的小片领地。

世上再没有比这儿更优美孤寂的地方了。城堡坐落在森林中的一块高地上，一条古老狭窄的小路从城堡吊桥前面经过，我住那儿时，

---

1 奥地利的一个州。

吊桥从没有升起来过。城堡四周的护城河里有大量鲈鱼,许多天鹅在河里游来游去,水面上漂浮着一丛丛洁白的睡莲。城堡的正面有许多窗户,还有塔楼,以及哥特式小教堂。

城堡大门前有一片不规则的林中空地,风景十分优美,右侧一座陡峭的哥特式拱桥横跨在一条小溪上,溪水在浓荫下蜿蜒流淌。我说过这是个非常偏僻的地方。看看我所言是否属实吧。从通往小路的大门口往外看去,我们城堡所在的森林向右绵延有十五英里,向左十二英里。最近的有人烟的村庄在左边七英里开外的地方,而最近的有人居住的古堡是斯皮尔斯多夫老将军的府邸,往右要走将近二十英里。

我之所以说"最近的有人烟的村庄",是因为向西仅三英里处,也就是往斯皮尔斯多夫将军城堡去的那个方向,有一座废弃的村庄,村里有一座古朴的小教堂,教堂屋顶已消失不见,廊道间是不可一世的卡恩斯坦家族颓败的坟茔。这个家族已经消亡了,他们曾经也拥有一座城堡,这孤寂的城堡在茂密的森林里俯瞰着小镇缄默的废墟。

至于这个令人惊奇又忧伤的地方是如何被遗弃的,个中缘由,容我日后道来。

现在,我必须要告诉您我们城堡里的居民有多么少。听好了,您会大吃一惊!除开仆人,除开城堡附属房屋中的住户,这里只有我父亲和我。我父亲是世上最善良的人,可他已渐渐老去;而我,在故事发生的时候只有十九岁。一晃八年过去了，城堡里的一家人就只有我们父女俩。我母亲是施蒂利亚女子，我很小的时候她就过世了，不过我有位性情和善的保姆，可以说，她从我孩提时起就一直陪伴着我，她那胖乎乎的慈祥面庞永远珍藏在我的记忆中。她就是佩罗东夫人，是个伯尔尼人。她纯良的性情和对我的照料在一定程度上弥补了我幼年丧母的缺憾。母亲走得太早，我对她都没有什么记忆了。佩罗东夫人是我们小小家宴上的第三位成员。第四位是德·拉方丹小姐，我想，用您的话来说，她算是"淑女家教"[1]吧。她说法语和德语，佩罗东夫人说法语和蹩脚的英语，父亲和我则说英语，这一方面是为了防止英语在我们家消失，另一方面是出于爱国情怀，所以我们日常都说英语。这样一来，结果就是各种语言的大杂烩，常常惹得外人取笑，对此我不想赘述了。另外，我还有两三个跟我年纪相仿的小姐妹，她们偶尔会来拜访，待的时间或长或短，而我有时也会回访她们。

这就是我们日常的社交圈子，不过，也会有住在十五六英里以外的"邻居"偶然到访。尽管如此，我的生活依旧相当孤独，真的。

---

[1] 淑女家教（Finishing governesses）：在十九世纪的英国极为流行，负责女孩十二至十七岁间的教导工作，主要培养年轻小姐在步入社会后所需要的技能，涉及口才、礼节、舞蹈、艺术、音乐、语言、文学、历史等。淑女家教必须有高尚的道德，其通常会被认为是女孩的第二个母亲，在家庭中占据核心地位。

我父亲凡事都依着我，面对这样一个被宠坏了的女孩子，您可以想见，我的保姆们也只能听之任之了。

在我能回忆起来的儿时的一些事情中，头一桩怪事在我心里烙下了永不磨灭的可怕印记。有人会觉得这事太微不足道了，没必要在这儿写一笔，不过，您慢慢就会明白我为何要提起此事了。城堡里的育儿室，尽管就我一人居住，房间却十分宽敞，位于城堡顶楼，有着陡峭的橡木天花板。那时我肯定还不到六岁，一天晚上，我突然醒来，环顾四周，没见到保姆，我的乳母也不在，只有我孤零零的一个人。我并不害怕，因为我是那种无忧无虑的孩子，家人非常小心，从不给我讲神鬼故事或者奇谈异事——这些故事会让人在房门突然吱嘎作响或者阑珊烛火映得墙上跳荡的床影直逼人脸时，吓得赶紧用被子蒙头的。可我以为没人搭理我了，又是气恼又是委屈，便抽抽搭搭地啜泣起来，眼见就要号啕大哭，突然间，我惊讶地看到一张十分严肃又秀美的脸正在床边看着我。那是一位年轻小姐，她就跪在那儿，双手放在被单下面。我看着她，又喜又惊，也停止了啜泣。她用手抚摸我，又在我身边躺下来，微笑着拥我入怀。我马上感到一种愉悦的慰藉，随即又沉沉睡去。可一种怪异的感觉又把我惊醒了，仿佛是有两枚针同时深深刺入了我的胸膛。我放声大哭，那名女子猛地往后一缩，双眼紧盯着我，然后滑到地板上。我想，她躲到床底下去了吧。

生平第一次我吓坏了,声嘶力竭地叫喊起来。乳母、保姆和管家全都跑了进来。听了我的讲述,他们装得若无其事,拼命安抚我。但是,尽管我还是个孩子,却能看出他们脸色苍白,神情异常焦虑。我看到他们检查了床底下,察看了房间各处,桌子底下、壁橱里面都看了个遍。管家对乳母低声说:"你把手顺着床上凹下去的地方摸摸吧,信不信,肯定有人在这儿躺过,这儿还是温的呢。"

我记得保姆拍打着安抚我,三个人仔细检查了我的胸部,都说并没有看到针刺过的痕迹。

管家和另外两个负责育儿室的仆人当晚彻夜未眠地陪着我,从那时起,直到我十四岁,每晚总有一个仆人在我的房间里彻夜陪护。

此后很长一段时间,我都紧张兮兮的。家人请来一个医生,他上了年纪,脸色苍白。我清楚地记得他那张阴沉沉的带着稀疏天花斑痕的长脸,还有他的栗色假发。有好长一阵子,每隔一天,他就来给我开药。当然,我对此讨厌极了。

看到那个幽灵之后的第二天早上,我还惊魂未定,哪怕天已大亮,我也无法忍受独自待在房内,一刻都不行。

我记得父亲上楼来,站在我的床边,兴致勃勃地说话,问了乳母很多问题,她的一个回答逗得他哈哈大笑。父亲还拍了拍我的肩膀,吻我,叫我不要害怕,说那不过是一个梦,伤不到我。

但我没有觉得宽慰，因为我知道，那个奇怪女人的来访并不是一场梦，而且，我吓坏了。

后来，保姆笃定地对我说是她来看过我，还躺在我身边，我那时一定是迷迷糊糊的所以没认出她来，听她这样说了我才感到好受一些。尽管乳母也作证了该说法，可这并不能真的说服我。

我还记得，那天有位德高望重的老人，身着黑色长袍，跟乳母和管家走进了房间。他跟他们聊了一会儿，对我也非常亲切。他的面容十分慈祥和蔼，告诉我，他们要开始祷告了，然后就牵着我的手，要求我在他们祷告的时候轻轻说："耶稣保佑，愿主垂听吾等所有美好祈愿。"我想，就是这句了，因为我常反复念叨这话，而我的保姆多年来也常常让我在祷告时说这句话。

我清晰地记得那位一袭黑袍的白发老人关切和蔼的神情。他就站在那间简陋的、墙壁漆成棕色的高屋顶房间里，周围都是三百年前的笨重家具，微弱的光透过小小的格子窗照进昏暗的房间。他跪在地上，三个女人也跟他一起跪着，他颤抖着声音大声地祷告，语气庄重严肃。他为我的遭遇祷告了很长时间。那件事之前的生活是什么样的，我已忘得一干二净，之后的一段时间发生了什么，也是一片模糊，但我讲述的这一幕幕，却像黑暗中闪现的一幅幅画面，栩栩如生。

客人

现在,我要告诉您一件离奇的事情,您只有相信我的诚实,才会相信我说的话。不过,这件事情不仅是真实的,还是我亲眼所见。

在某个宜人的夏夜,父亲又和往常一样,让我跟他一起去森林边走走,就是我之前提到过的城堡前面风光秀丽的森林。

"斯皮尔斯多夫将军最近来不了了。"我们走着,父亲说。

斯皮尔斯多夫将军原本要来看我们,顺便待上几星期,我们一直盼着他第二天就到。他还要带上一位小姑娘——莱茵费尔特小姐,斯皮尔斯多夫将军不仅是她舅舅,同时也是她的监护人。我从未见过她,但我听说她是位非常迷人的姑娘,我想,有她做伴的时光一定十分愉快。现在他们不来,我太失望了,这种失望是那些住在城里或热闹街区里的小姑娘无法想象的。想到将军的来访以及即将认识的新朋友,我在美妙的期待中度过了好多个星期。

"那他多久会来呢?"我问。

"恐怕要到秋天吧,再过两个月,"他答道,"不过,亲爱的,我现在很庆幸你还不认识莱茵费尔特小姐。"

"为什么?"我又迷惑又好奇地问。

"因为这可怜的姑娘已经死了,"他说,"我差点忘了,我还没告诉你这个消息呢,不过今晚我收到将军信的时候你不在房间里。"

我感到十分震惊。六七个星期以前，在上一封信中，斯皮尔斯多夫将军曾提到他的外甥女身体不太好，但从那封信看，完全想不到会有如此危重。

"这是将军的信，"父亲把信递给我，说道，"恐怕将军正处在极大的悲痛中，这封信读起来让人觉得写信的人精神错乱。"

我们在翁郁的酸橙树丛下一张简陋长椅上坐下。森林后面，落日带着忧郁的余晖缓缓西沉。我家附近，陡峭的古桥下流淌的那条溪流从高大的树林中蜿蜒而来，几乎直抵我们脚下，映照出天空渐渐消退的绯红。斯皮尔斯多夫将军的信读来是那么非同寻常，言辞那么激烈，有的地方还自相矛盾，我一连读了两遍，第二遍还大声地念给父亲听，依然摸不着头脑，只能猜测是悲伤让他心神不安。

信上写道："我失去了至亲至爱的外甥女，在亲爱的伯莎病危的最后几天，我没法给你写信。

"在此之前，我对她的危险处境一无所知。我已经失去她了，虽然现在我已知晓一切，却为时已晚。她离开的时候，纯真、安详、憧憬着美好的将来。是那个辜负我们一腔热情的人干的。我以为我收留了一个纯真快乐的人，给伯莎找了个可爱玩伴，可如今我已失去了伯莎。天哪！我怎么那么糊涂啊！

"感谢上帝，我孩子死的时候还不知道她遭罪的原因，她就这么走了，对自己得的什么病一无所知，对于这一切苦难的罪魁祸首的可恨热情，她都没有做过多的猜想。我要把余生都用来追踪并除掉那个妖物。有人告诉我，我还是有希望替天行道的。可是现在，我的眼前几乎看不见一丝光，我痛骂我自以为是的多疑、我卑劣而矫情的优越感、我的盲目、我的固执，一切的一切，可是都太晚了。现在我心乱如麻，没法冷静地写字说话。一旦稍微恢复过来，我就要花点时间去调查，也许会远行至维也纳。秋天的某个时候，两个月后吧，或者更早，如果我还活着的话，我会去看你，如果你乐意的话，那时，我会把一切都告诉你，而现在我还没有勇气白纸黑字地写下来。再会，亲爱的朋友，为我祷告吧。"

这封奇怪的信就这样收了尾。虽然我从来没有见过伯莎·莱茵费尔特，这个突如其来的消息还是让我的双眼噙满了泪水。惊愕之余，我感到深深的失望。

太阳已经落下去了，暮色中，我把将军的信还给了父亲。

夜色温柔澄澈，我们踱着步，琢磨着我刚刚读过的那些言辞激烈又语无伦次的话背后的可能含义。我们差不多走了一英里，才回到城堡前的那条小路上。此时，月光皎洁，在吊桥那儿我们碰到了佩罗东夫人和德·拉方丹小姐，她们出来欣赏这优美的月色，都没戴帽子。

我们走近的时候，听到她们叽叽喳喳聊得正欢。我们在桥上跟她们一起，转过身来欣赏这一番美景。

眼前就是我们刚刚走过的那片空地。左边，狭窄的小路在高大的林木间蜿蜒，消失在茂密的森林中；右边，这条小路跨过陡峭而秀美的古桥，桥边是一座先前守护这个路口的废弃的塔楼，过了桥之后，地势陡然升高，树木丛生，阴影中露出些许布满常春藤的灰色岩石。

一层如烟的薄雾悄悄地笼罩了草地和低洼的地带，也给远处的景致蒙上了一层透明的轻纱，我们能看到月光下闪烁着零星微光的溪水。

没有比这更温柔、更甜美的夜色了。虽然刚刚得知的消息给夜色平添了几分忧伤，但这深远宁馨的景致、这迷人的清辉和朦胧的意境，却是什么也无法破坏的。

父亲陶醉在这景致中，我则静静地伫立，凝视着脚下开阔的风景。两位好心眼的保姆，站在我们身后不远处，讨论着这番景象，滔滔不绝地谈论着今晚的月色。

佩罗东夫人是个胖乎乎的中年人，生性浪漫，言谈间都带着诗情画意。德·拉方丹小姐则继承了她德国父亲的气质，挺玄乎的，算是个神秘主义者——现在，她说，众所周知，月亮发出如此强光意味着不寻常的灵异事件。光芒四射的满月会引发各种反应。它会让人梦魇、精神失常，它会对神经质的人施以影响，它还会带来奇异的生理反应。这位小姐还提到了她的表兄，一位商船的大副，他就在这样的夜晚躺在甲板上打了个盹儿，月光照着他的整张脸。他梦见一个老太婆抓着他的脸颊，醒来后发现他的五官都扭曲了，可怕极了，而且从此再没有恢复到原先对称的样子。

"今晚的月亮，完美无瑕，带着魔力，"她说，"喏，你们看看身后，城堡的窗户全都闪烁着熠熠银辉，就好像看不见的手把房间的灯全点亮了，准备迎接仙人到访。"

兴致不高的时候，我们自己懒得说话，听别人的谈话却十分受用，于是我看着风景，愉快地听着两位女士银铃般的说话声。

"今晚我没什么心情。"沉吟半晌，父亲又吟出几句莎士比亚的台词。为了保持我们的英语水平，他常常大声诵读莎士比亚。他念道：

"'真的，我不知道我为什么这样忧郁。这真叫我厌烦，你们说我这样也让你们觉得厌烦；可是我是怎么染上这种忧郁的呢？'[1] 后面的想不起来了。可我总觉得好像有什么厄运要降临似的，我想，可能和将军那封痛苦的信有关吧。"

就在这时，路上出人意料地传来一阵纷乱的车轮和马蹄声，引起了我们的注意。

声音似乎是从俯瞰古桥的高坡那边传来的，转眼间马车就出现了，

---

[1] 语出莎士比亚《威尼斯商人》第一场第一幕。

只见两名骑手率先过了桥，接着是一辆四匹马拉的马车，后面跟着两名骑手。

这似乎是一户有身份的人家，我们一下子全被吸引，看起了稀罕。过了一会儿，更有意思的一幕出现了，马车刚经过陡峭的桥顶，一个领队吓了一跳，其他人似乎也受到感染，马儿跳跃两下之后，整个马车突然狂奔起来，从前面的两位骑手中间冲出去，以飓风般的速度朝我们狂奔过来。

车窗内传来一名女子清晰而拖长的尖叫声，场面更加混乱不堪。

我们又好奇又害怕地往前走去，我一声不吭，其他人则吓得发出各种各样的喊叫。

我们悬着的心并没持续多久。就在快到城堡吊桥的地方，他们正行驶的这条路上，路边矗立着一棵高大的酸橙树，树对面有一个古老的石刻十字架。马车一路狂飙，一看到十字架，突然转向，车轮随即撞到酸橙树突出的树根上。

我知道接下来会发生什么，赶紧死死地捂住双眼，头扭到一边，同时听到走在前面的两位女士发出一声大喊。

好奇心让我睁开了双眼，只见现场一片混乱。两匹马倒在地上，马车侧翻，两只轮子悬在半空。男人们忙着给马儿卸下缰绳，一位神态威严、身材高大的女士从马车里走了出来，她攥紧双手站着，不时地用手帕抹眼睛。

这时,人们从车里抬出来一位妙龄女郎,看上去她已经没有了生气。我亲爱的老父亲站到老夫人跟前,取下帽子拿在手里,显然是想对她施以援手。老夫人似乎没有听到他的话,或者什么也没看到,她的眼睛只是盯着那个被放在岸边斜坡上的苗条姑娘。

我走上前去。那位年轻姑娘显然是吓呆了,但她肯定没有死。我父亲自诩算得上是个医生,刚刚摸了摸姑娘的脉搏,非常肯定地对自称是母亲的女士说,姑娘的脉搏虽然微弱不规则,但无疑尚可分辨。这位夫人握紧双手抬头看了一眼,仿佛在表示感谢,但她马上又哀号起来,我想,有些人就是这样戏剧化吧。

这位夫人在她这个年纪依然有几分姿色,以前一定十分漂亮。她个子高高的却并不瘦削,穿着一身黑丝绒衣服,脸色十分苍白,但是面容高傲而威严,只是现在异常激动。

"有谁像我这样惨呢!"我走上前,她握紧双手说道,"我这次出行事关生死,晚一个小时就什么都完了啊!我的孩子暂时好不了,没法上路了,谁知道前面还有多远呢。我必须把她留下,我不能、也不敢耽搁。先生,请问最近的村子有多远?我得把她留在那儿,三个月后我才能回来,恐怕这期间我都见不到她,也听不到她的消息了。"

我拉了拉父亲的外套,急切地在他耳边低语:"哦!爸爸,求您让她把那姑娘留下来吧,跟我们住一起,那样该多好啊!去吧,求您了。"

"如果夫人愿把您的孩子托付给我女儿和善良的管家佩罗东夫人照顾,我会一直把她当贵客款待直到您回来,这将是我们的荣幸,也是我们的义务,我们会全心全意地照顾她,不负重托。"

"这可不行,先生,这是在利用您的仁慈和仗义,那样太过分了。"这位夫人心烦意乱地说。

"恰恰相反,您这是在我们最需要的时候给予了我们一份极大的恩惠。很久以来我女儿都盼着一位客人来,这可以带来许多快乐,可刚刚一个噩耗让她的希望落空了。如果您能把这位小姐托付给我们照顾,这将是她最大的安慰。最远的村子离这儿还很远,而且也没有合适的客栈可以安置您女儿,您不能再让她长途跋涉,那样会有危险的。如果像您说的那样不能耽误行程的话,您今晚就得把她留下,除了这里,没有什么地方能让她得到更真诚的关心和照顾了。"

这位夫人不仅是马车有派头,她的神态和容貌也都散发着一种高贵甚至威严的气息,举止优雅迷人,让人觉得她肯定是个有身份地位的人。

这时,马车已经扶正,温顺的马匹又重新套上了笼头。

这位夫人瞥了她女儿一眼,我发现她的眼神似乎不像先前那么慈爱了。然后,她向我父亲轻轻招了招手,两人走到两三步以外,听不见他们说什么了。她的表情僵硬严肃，跟先前说话的时候完全不一样了。

我很纳闷父亲似乎没有察觉到她的变化，同时也说不出地好奇，想知道她那么急切地贴到他耳边到底说了些什么。

她最多说了两三分钟，就转过身来走了几步到女儿躺着的地方，佩罗东夫人正扶着那姑娘。她在女儿身边跪了一会儿，佩罗东夫人想，她是低声说了几句祝福的话，然后，这位老夫人匆匆吻别了姑娘就踏上了马车。车门关上了，身着华丽制服的仆人从后面跳上车，骑马的护卫们策马扬鞭，车夫啪啪地抽起鞭子，马匹猛然跃起飞快地小跑起来，迅速转为狂飙。马车一阵风似的远去了，后面的两名骑手也以同样的速度紧跟其后。

重逢

我们看着马车，它很快就在薄雾弥漫的树林中不见了踪影，马蹄声和车轮声也消失在寂静的夜空中。

现在，只有这位年轻姑娘让我们相信，刚刚过去的惊险一幕并非幻觉。这时，她醒了过来，背对着我，我看不见她的脸，但她抬起头来显然在环顾四周，我听到一个非常甜美的声音嗔怪道："妈妈呢？"

我们好心的佩罗东夫人温柔地回答她，还宽慰了她几句。

然后，我听到她问："我在哪儿呢？这是什么地方？"接着她又说，

"我怎么没见马车，还有马茨卡，她又去哪儿了？"

佩罗东夫人把知道的都一一告诉了她，这位年轻姑娘慢慢想起这不幸的事故是怎么发生的，得知车里车外的人都没有受伤，她十分欣慰；当听闻她妈妈把她留在这里，三个月后才能回来时，她又哭了起来。

我正想过去和佩罗东夫人一起安慰她，德·拉方丹小姐一只手拦着我的胳膊，说道：

"别去，现在她只能跟一个人说话，一点点刺激都受不了。"

我想，等她舒舒服服地躺上床后，再上楼去房里看她吧。

与此同时，我父亲已派了一名仆人骑马去请医生，他住在大约六英里以外的地方，而家里正给这位小姐收拾卧房。

她现在站了起来，靠在佩罗东夫人肩头，慢慢地过了吊桥，走进城堡大门。

仆人们在客厅里恭迎她后马上带她去了房间。我们平时都坐在客厅里，客厅很长，有四扇窗户，可以俯瞰护城河和吊桥，远处就是我之前描述过的森林。

客厅里都是些古老的橡木雕花家具，高大的雕花橱柜、殷红的乌特勒支天鹅绒椅。墙上挂着壁毯，四壁都是巨大的金色画框，画中人物都和真人一般大小，穿着奇特的古装，画的主题都是狩猎、叫卖，一般是节庆活动。客厅的装饰庄严却又不失闲适，我们一般就在这里用茶。出于父亲一贯的爱国情怀,他坚持每次喝咖啡和巧克力时,都要上茶,因为那是英国的国饮。

今晚我们坐在这里,在烛光下谈论着今天的奇遇。

佩罗东夫人和德·拉方丹小姐也在。那名陌生的小姐一躺到床上就沉沉睡着了,两位女士交代一位仆人看着她。

"你觉得我们这位客人怎么样?"佩罗东夫人一走进来我就问,"跟我说说她吧。"

"我太喜欢她了,"夫人说,"我觉得,她真是我见过的最美的人儿了,她跟你差不多大,那么温柔和善。"

"她真的美极了。"德·拉方丹小姐插了一句,她先前在那姑娘门口偷偷看了一会儿。

"她的声音还那么甜美!"佩罗东夫人说。

"你们有没有注意到,马车扶起来后,车里还有个女人,她一直没有出来过,只是在窗口往外看了看?"德·拉方丹小姐问道。

"没有,我们没有看见。"

接着她描述了一个面目可憎的黑人女子,头上戴着一块彩色头巾,一直看着车窗外,不时朝几位女士点点头,带着讥笑,她的眼睛很亮,眼珠又大又白,牙关紧闭,好像在发怒。

"你们有没有注意到那群男仆长得有多丑?"佩罗东夫人问。

"对,"我父亲走了过来,说道,"我从没见过长得这么丑陋猥琐的人,但愿他们不会在森林里打劫那位可怜的夫人。不过这帮混蛋倒挺机灵,一会儿就把什么都弄妥当了。"

"他们长途奔波肯定已经筋疲力尽了。"佩罗东夫人说,"除了看上去不像好人,他们的脸还特别地瘦,黑黑的,阴沉沉的,真让人纳闷,不过如果明天那位年轻小姐好起来了,她肯定会把事情的来龙去脉都告诉我们的。"

"我看不见得。"父亲带着一丝神秘的微笑说道,还微微点了点头,好像知道更多内情却不愿告诉我们似的。

这更让我们想知道,父亲与那位穿黑丝绒衣服的夫人在她离开前那次简短又认真的谈话中,到底说了什么。

到了只剩下我俩的时候,我就求父亲告诉我究竟是怎么回事。他没必要卖关子,于是说:

"这倒没什么别的缘故。她表示不愿意麻烦我们照顾她女儿,说她身体虚弱,有点神经质,不过什么病都没有,也没有幻想症,她的脑子很清醒——这都是那位夫人主动说的。"

"说这些真奇怪!"我插了一句,"完全没必要说这些嘛!"

"不管怎样,她说的就是这些,"他笑着说,"既然你想知道事情的经过,那我就告诉你,其实没什么大不了的事情。她接着又说:'我这次出远门是有至关重要的事情要办,很急,而且不便声张。'她强调了'至关重要'这个词,又说,'三个月后我会回来接我女儿,同时,我女儿也不会透露我们的身份,不会说我们从哪里来,或我们要去哪里。'说的就是这些。她说一口纯正的法语,当说到'不便声张'时,停了几秒钟,很严肃地盯着我。我想她是说到关键地方了,你看她走得那么急,但愿我收留这小姑娘不是做了一件傻事。"

我心里倒是很欢喜。我盼着去见她,去跟她说话,但要医生准许才行。你们这些城里人很难想象,在我们这样偏僻的地方来了个新朋友是件多么了不得的事情。

医生快一点钟了才到,但要我上床睡觉就跟让我步行追上黑丝绒衣服的夫人的马车一样,绝无可能。

医生下楼回到客厅,告诉我们病人已无大碍。那姑娘现在已经能坐起来了,脉搏很规律,显然一切都很正常。她并没有受伤,只是神经稍受了点刺激,而且现在也完全恢复正常了。我去看她完全无妨,如果我俩都乐意的话。得到医生的应允,我马上打发人去问她是否允许我到她房里待上几分钟。

仆人旋即回来说她再期待不过了。

不用说,我立刻就上去了。

我们的客人躺在城堡最豪华的房间里,不过房间的风格也许有点太庄严了。正对床的墙上挂着一张晦暗的壁毯,上面的图案是埃及艳后怀抱毒蛇的样子;其他几面墙上有些褪色的画也都是庄严的经典场景。不过房间里的其他装饰品或是鎏金刻花,或是色彩富丽,足以弥补陈旧壁毯的阴郁调子。

床边点着蜡烛。她坐了起来,修长娇美的身体裹在柔软的绗绣绣花真丝睡袍里。先前她躺在地上的时候,她母亲搭在她脚上的就是这件睡袍。

我走到床边,正要打招呼,却被吓得目瞪口呆,不由得倒退一两步。到底怎么回事呢?听我慢慢讲来。

我看到的正是儿时夜里见到的那张脸。那张脸深深地刻在我的记忆里,多年来,我每每想起这张脸时,心里就充满恐惧,不过没人知道我在想些什么。

这张脸十分漂亮,甚至堪称绝色,乍看还带着与多年前一样的忧伤,可转眼间这忧伤就变成了故人相认的微笑,这微笑僵在脸上,显得十分奇怪。

我俩足足沉默了一分钟,终于她开口了,而我依然说不出一句话来。

"天哪,太奇妙了!"她惊呼,"十二年前,我在梦里见过你的样子,从那以后我就忘不了。"

"天哪,太奇妙了!"我按捺住恐惧附和道,刚刚我都吓得出不了声了,"十二年前,在梦里,也可能是在现实中,我的确见过你。我忘不了你的脸,从那以后你的样子就一直在我眼前晃。"

她的笑容柔和多了,一点不奇怪了,她的笑容和她泛着酒窝的脸颊现在是那么明丽动人。

我感到放心了,继续尽地主之谊,欢迎她的到来,告诉她,她的不期而至给我们带来了多大的欢乐,对我来说尤其如此。

我一边说一边拉着她的手。我生性就有些腼腆,孤单的人都是这样吧,但此时此刻我却口若悬河,就连胆子也大了许多。她握着我的手,两眼炯炯有神地、热切地看着我,脸上又绽开了笑容,泛起红晕。

她很优雅地回应了我的欢迎。我坐在她旁边,仍觉得不可思议。她说:

"我必须告诉你,我也梦见过你。这太奇怪了,我们俩小时候都做过一个如此逼真的梦,梦见了彼此,你看着我,我看着你,就像我们现在这样。那时我还是个孩子,差不多六岁,我做了一个让我困惑烦乱的梦,醒来时发现自己在一个陌生房间里。这个房间跟我的不一样,四壁都是呆滞的暗色木板,房间里有壁橱、床架、椅子,周围还有几张长凳。我以为床上是空的,而且房间里也没有别人,只有我自己。我环顾了一下四周,特别喜欢一个双杈枝铁艺烛台,现在我又可以看到这个烛台啦。然后,我从床底下爬到了窗前,可就在我从床底下钻出来时，我听到有人在哭，我那时还跪在地上，抬头一看就看到了你——肯定就是你——跟我现在看到的你一样：一位漂亮小姐，金色的头发，碧蓝的大眼睛，还有嘴唇，就是你的嘴唇，当时的你跟现在一模一样。

"你的样子打动了我，我爬上床，搂着你，我想我们俩都睡着了。然后我被一阵尖叫惊醒了，原来是你坐了起来大声尖叫。我吓坏了，滑到地板上，似乎昏迷了一会儿，苏醒过来我又在自家的卧房中了。从那以后我就再也没有忘记你的样子。这绝不只是长得相似，你真的就是我见过的那位小姐。"

现在，轮到我来讲我的版本了，我的故事令这位新朋友啧啧称奇。

"真不知道该谁怕谁，"她又微笑着说，"要是你没那么漂亮，我想我会更怕你的，可你那么美，而我们俩都很小，我只觉得十二年前我就认识你了，而且已经跟你很亲近了。不管怎样，似乎我们从儿时起就已注定成为朋友。你对我有一种莫名的吸引力，我很想知道，是否我对你也是如此。我连一个朋友都还没交过呢，现在我是找到朋友了吧？"她叹了一口气，那双明媚的黑眼睛饱含激情地凝视着我。

事实上，此时此刻我对这位俏丽的陌生人感觉还真是说不清楚，她说得对，我的确是"被她吸引了"，但我也感到一丝厌恶。然而，在这种模棱两可的感觉中，好感无疑占了上风。我对她很感兴趣，十分心动，她是那么娇艳欲滴，美得难以言喻。

这时，我看到她似乎有一丝倦怠和疲乏，就赶紧起身告辞。

"医生觉得，"我补充道，"今晚最好有个看护陪着你，她已经来了，你会发现她很能干，而且也不会吵着你。"

"你们真好，不过房间里有人我会怎么也睡不着。我不需要任何看护，而且我有个毛病，我一直害怕有贼。我们家有一次进过贼，两名仆人被杀死了，所以我总是锁上门。这已成习惯了，你这么善良，我知道你会体谅我吧？我看到门锁上插着把钥匙。"

她把我紧紧地抱在她曼妙的怀里，搂了一会儿，在我耳边低声说："晚安，亲爱的，真不想和你分开，但是晚安吧，明早我会再见到你的，不过要晚一点。"

她叹了一口气，倒在枕头上，那双柔媚的眼睛深情而忧伤地凝视着我，目送我离去，她又喃喃道："晚安，亲爱的朋友。"

年轻人往往因为一时冲动就喜欢上某个人甚至陷入爱河。显然，她很喜欢我，尽管这份喜欢有点过头了，我还是感到受宠若惊。我很享受她与我相处时的那种知心的感觉。她认定我们一定会成为非常亲密的朋友。

第二天，我们又见面了。这位朋友的很多地方都让我十分欣喜。

白天，她容颜依旧——她的确是我见过的最美的姑娘，至于儿时梦中那张脸的可怕记忆，已经在不经意的重逢中冲淡了。

她承认她见到我时也同样震惊，而且就像我对她一样，她对我的喜欢中也夹着淡淡的厌恶。现在我们可以嬉笑着谈论当初彼此转瞬即逝的害怕了。

怪癖

我说过她的很多地方都让我着迷。

但也有些地方让我不太喜欢。

她在女性里面是中等偏上的个子。我先来描述下她的样子。她身段苗条，气质十分优雅，只是举手投足显得疲乏，非常疲乏，确实如此，可外表上又看不出来她患有疾病。她的肤色润泽明亮，五官长得娇小玲珑，一双大眼睛乌黑明亮，她的头发非常漂亮，披散在肩上，我从未见过如此浓密的长发。我常常用手托着她的长发，笑着说它是多么厚重。她的头发非常纤细柔软，泛着点金色。在她房里，她靠在椅子上用甜美低沉的嗓音说着话，我就喜欢把她的头发放下来，看那一头秀发因自身重量而翻滚，我还常常把头发扎成辫子，然后又散开，抚弄它。天哪！要是我早知道真相就好了！

我说过她身上有些地方我不喜欢，我也说过见到她的那晚，那种知心的感觉就征服了我。但我发现，她十分警觉，对她自己、她母亲、她的经历以及她的生活、她的打算和她家人的所有情况都守口如瓶。

我得说我的确有些不讲道理，也许我这么想是错的，我应该尊重那位穿黑丝绒衣服的庄重夫人对我父亲的严肃嘱托，可好奇心让人蠢蠢欲动、不顾一切，没有一个女孩能受得了这种煎熬。把我如此渴望知道的一切告诉我又有何妨？她还不相信我的为人吗？我已经那么郑重地发誓绝不把她的话向外人透露半句，她为什么还不相信我呢？

她一次次拒绝向我透露一星半点儿秘密，在她那微笑而无奈的坚持中，我似乎察觉到了一种与她年龄不相称的冷漠。

我们还不至于为此吵嘴，因为她不会在任何事上跟人争吵。当然，我老追着她问，这很过分，显得很没教养，但我实在忍不住，也就不管那么多了。

她对我透露的信息，夸张一点说，真是什么都没说。

她一共就说了三句含糊其词的话。

第一句：她的名字叫卡弥拉。

第二句：她的家族非常古老而显贵。

第三句：她的家在西边。

她不愿告诉我她家族的姓氏、他们的纹章以及家族庄园的名字，就连在哪个国家也不肯说。

你们可别以为我时时刻刻都拿这些问题去烦她，我可不会直来直去地问，我都是瞅准机会旁敲侧击。不过有一两次我的确直言不讳地问她了,但不管用什么招数,结果注定落空。软磨硬泡对卡弥拉都没用。我必须补充一点,她拒绝我的时候,总是带着一副忧愁无奈的样子,又热情地表白她多么喜欢我,多么信任我,信誓旦旦地说最后一定把全部事情都告诉我,这让我总是对她生不起气来。

卡弥拉常常用她曼妙的胳膊搂着我的脖子把我拉过去,她的脸颊贴上我的脸,嘴唇凑到我耳边轻言细语:"亲爱的,你的小心脏受伤了,别以为我残忍,我只是遵守命运的法则。要是你的小心脏受伤了,我狂热的心也会跟你的一起流血。我活在你温暖的生命中,在这巨大的耻辱与狂喜中,你会死去,安详地死去,然后融入我的生命。我无能为力,正如我靠近你,而你,也会去靠近其他人,你会体验到这残忍的狂喜,这就是爱啊。所以,你暂时就不要再打听我的事了,用你全部可爱的灵魂来相信我吧。"

她一边胡言乱语,一边浑身颤抖着把我搂得更紧了,嘴唇温柔地吻着我的脸颊,我脸上热辣辣的。

她的这种激动和语无伦次让我莫名其妙。

这样荒唐的拥抱并不经常发生,我得承认,我曾试图挣脱却似乎浑身没劲儿,她的喃喃低语就像耳边的催眠曲让我无力反抗、恍恍惚惚,似乎只有她松开双手,我才能清醒过来。

处于这种匪夷所思的情绪时我就讨厌她。我体验到一种奇怪的躁动和兴奋，兴奋中不时夹着一种模糊的恐惧和厌恶感。在这个时候，我对她没有什么明确的想法，但感觉到自己对她的喜欢正上升成一种爱慕，同时也带着一丝厌恶。我知道这很矛盾，但我也解释不清楚。

时隔十多年后的今天，我颤抖着手一边写作，一边回忆起自己在不知不觉中度过的苦难日子里，曾发生的令人恐惧的一桩桩一幕幕，有些记忆已经模糊了，但主要的事件依然记忆犹新。

不过我想，每个人一生中都有情绪冲动的时候，激情被点燃时难以遏制，但日后回忆起来，这些情景却最为模糊暗淡。

有时，冷淡了一个小时后，我那奇怪而娇艳的朋友会拿起我的手充满爱意地握着，一次又一次地点燃激情。她的脸微微泛起红晕，慵懒而灼热的眼神凝视着我的脸，呼吸急促，连她的衣服也会随着剧烈的呼吸一起一落。这就像恋人的激情，让我别扭，让我厌恶，却又无法抵挡，她得意扬扬的目光吸引我靠近她，她滚烫的双唇化作轻吻在我的脸颊上游走，她几乎是抽噎着窃窃道："你是我的，你就是我的，我俩合而为一永不分离。"然后，她猛地倒在椅子上，一双纤手捂住眼睛，把我撂在一边浑身直打战。

"我们是一家人吗？"我常问卡弥拉，"你说这些是什么意思？也许是我让你想起了你爱的人，但你不准这样对我，我讨厌你这样。你每次这个样子、这样说话，我都不知道你是谁、我自己是谁了。"

面对我的发飙,卡弥拉常常叹口气,转过身丢开我的手。

对于这些反常的举动,我始终找不到一个满意的说法——我没法把这归结为她的矫揉造作或者在耍什么花招。她的表现无疑是压抑的本能和激情的突然迸发。她会不会是间歇性的精神错乱呢?她母亲已经否认了这一点。又或者,这是某个人男扮女装的一出爱情戏?我在过去的故事书中读到过这样的桥段,一个稚气的小伙子在一个聪明的女探险家帮助下,乔装进入恋人家里向她求婚。不过,尽管这个假设很好地满足了我的虚荣心,但它很多地方都站不住脚。

我从没见过卡弥拉用这种男人的方式向我献殷勤。除了这些激情迸发的时刻,大多数时候她都是平淡无奇的,有时欢喜,有时忧愁;不过我发现她的目光总是追着我,眼里燃着忧郁的火,而有时她的眼里又根本没有我。除了这些诡异的兴奋的时刻,她的言谈举止都是女孩子模样,而且她身上总是散发着一种疲惫气息,跟健康的男儿身完全不相称。

就某些方面而言,她的习惯也很古怪。可能我们乡下人看起来奇怪的事,在像你这样的都市人眼里也没那么怪。她常常很晚才下楼来,差不多要到一点钟,她会喝一杯巧克力,但什么也不吃。然后我们就出去散会儿步,只是闲逛逛她似乎马上就筋疲力尽了,要么就要返回城堡,要么就在林间随处可见的长椅上坐一会儿。虽然身上累,脑子却不累，她十分健谈，而且非常聪明。

有时候卡弥拉会提起自己的家，讲一些冒险经历或者场景；有时候会回忆起很久以前发生的事，里面的人行为举止都很奇怪，还有一些我们从未听说过的风俗。从这些不经意间透露出的信息来看，我觉得她的家乡可能远比我之前想象的要遥远得多。

一天下午我们正在林中闲坐，恰好有一队送葬的人从我们身边经过。死者是一个漂亮的小姑娘，护林员的独生女，我以前经常看到她。这个可怜的男人走在他心爱的女儿的棺椁后面，看上去悲痛欲绝。

农夫们排成两列跟在后面，唱着一曲挽歌。

他们从我们身边走过时，我起身示意，也哼起他们正深情吟唱的挽歌来。

我的同伴粗鲁地推了我一下，我吃惊地转过身来。

卡弥拉生硬地冒出来一句："你不觉得他们唱得有些难听吗？"

"正好相反，我觉得他们唱得很好听。"我说，刚刚的打断让我十分恼火，我感到不安，生怕这些送葬的人看到对我们心生怨怼。

于是，我马上接着唱起来，可又被她打断了。"我的耳朵都要被你唱聋了，"卡弥拉用她小巧的指头堵住耳朵眼儿近乎愤怒地说，"再说，你怎么就知道你的宗教和我的信仰一样呢？你们这些习俗真让我难受，我讨厌葬礼。真是瞎折腾！唉，你会死，每个人都会死，死了还更开心。

面对我的发飙，卡弥拉常常叹口气，转过身丢开我的手。

对于这些反常的举动，我始终找不到一个满意的说法——我没法把这归结为她的矫揉造作或者在耍什么花招。她的表现无疑是压抑的本能和激情的突然迸发。她会不会是间歇性的精神错乱呢？她母亲已经否认了这一点。又或者，这是某个人男扮女装的一出爱情戏？我在过去的故事书中读到过这样的桥段，一个稚气的小伙子在一个聪明的女探险家帮助下，乔装进入恋人家里向她求婚。不过，尽管这个假设很好地满足了我的虚荣心，但它很多地方都站不住脚。

我从没见过卡弥拉用这种男人的方式向我献殷勤。除了这些激情迸发的时刻，大多数时候她都是平淡无奇的，有时欢喜，有时忧愁；不过我发现她的目光总是追着我，眼里燃着忧郁的火，而有时她的眼里又根本没有我。除了这些诡异的兴奋的时刻，她的言谈举止都是女孩子模样，而且她身上总是散发着一种疲惫气息，跟健康的男儿身完全不相称。

就某些方面而言，她的习惯也很古怪。可能我们乡下人看起来奇怪的事，在像你这样的都市人眼里也没那么怪。她常常很晚才下楼来，差不多要到一点钟，她会喝一杯巧克力，但什么也不吃。然后我们就出去散会儿步，只是闲逛逛她似乎马上就筋疲力尽了，要么就要返回城堡，要么就在林间随处可见的长椅上坐一会儿。虽然身上累，脑子却不累，她十分健谈，而且非常聪明。

有时候卡弥拉会提起自己的家，讲一些冒险经历或者场景；有时候会回忆起很久以前发生的事，里面的人行为举止都很奇怪，还有一些我们从未听说过的风俗。从这些不经意间透露出的信息来看，我觉得她的家乡可能远比我之前想象的要遥远得多。

一天下午我们正在林中闲坐，恰好有一队送葬的人从我们身边经过。死者是一个漂亮的小姑娘，护林员的独生女，我以前经常看到她。这个可怜的男人走在他心爱的女儿的棺椁后面，看上去悲痛欲绝。

农夫们排成两列跟在后面，唱着一曲挽歌。

他们从我们身边走过时，我起身示意，也哼起他们正深情吟唱的挽歌来。

我的同伴粗鲁地推了我一下，我吃惊地转过身来。

卡弥拉生硬地冒出来一句："你不觉得他们唱得有些难听吗？"

"正好相反，我觉得他们唱得很好听。"我说，刚刚的打断让我十分恼火，我感到不安，生怕这些送葬的人看到对我们心生怨怼。

于是，我马上接着唱起来，可又被她打断了。"我的耳朵都要被你唱聋了，"卡弥拉用她小巧的指头堵住耳朵眼儿近乎愤怒地说，"再说，你怎么就知道你的宗教和我的信仰一样呢？你们这些习俗真让我难受，我讨厌葬礼。真是瞎折腾！唉，你会死，每个人都会死，死了还更开心。

我们回去吧！"

"我父亲跟牧师一起去墓地了，我以为你知道她今天要下葬呢。"

"她？我才懒得为这些乡巴佬操心，我又不知道她是谁。"卡弥拉说着，妩媚的眼中闪过一道光。

"就是这个可怜女孩，两周前说自己撞鬼了，从那以后就一病不起，奄奄一息，昨天就死了。"

"别跟我说什么鬼不鬼的，你再说我今晚要睡不着觉了。"

"但愿不是什么瘟疫或者热病，但看起来很像，"我接着说，"猪倌的年轻太太一周前才去世，当她躺在床上时，她总感觉有什么东西掐住了她的咽喉，几乎要把她掐死了。爸爸说某些热病往往就伴随着这些可怕的幻觉。那个女的前一天还清醒得很，后来就一天不如一天，一周前就死了。"

"好吧，我希望她的葬礼已经结束，挽歌也唱完了，不要再拿噪音来折磨我们的耳朵，真让我心烦。来，坐下，靠着我，坐近点，抓着我的手，握紧点，再紧一点。"

我们往后挪了几步，走到另一张椅子跟前。

卡弥拉坐了下来。这时她的脸色变暗了，变成一种吓人的乌青色，她咬紧牙关，攥紧双手，眉头紧蹙，死死咬着嘴唇，眼睛直盯着脚下的地面，浑身不停地打战，就像是疟疾发作似的。她的脸色变化让我惊慌失措，甚至有好一会儿都被吓坏了。她似乎使出了浑身力气来抑制发作，已经气喘吁吁，最后突然迸发出一声低沉的惨叫，接着，那种歇斯底里就渐渐消退了。"天哪！那帮唱歌的人简直要了我的命！"她终于开口说道，"抓住我，抓住我别动。唉，这下好了。"

渐渐地她恢复了正常，也许是为了驱散刚才那一幕给我带来的阴影，她变得异常活泼，说个不停，就这样我们回了家。

这是我第一次看到她表现出身体娇弱，就像她母亲当初说的那样；这也是我第一次看到她发脾气。

不过二者都像夏日的云朵一样很快消散了，后来，我只见过一次她差点发火的样子。我来告诉您怎么回事吧。

有一次我和她在客厅里，从一扇高高的窗户望出去，只见一个流浪汉的身影走过吊桥，进了院子。这个人我很熟，他每年都来城堡两次。

这人是个驼背，面目有点扭曲，十分瘦削。他留着尖尖的黑胡须，笑得合不拢嘴，露出雪白的牙齿。他穿着一身浅黄、黑色和鲜红混搭的衣服，还绑着数不清的带子，带子上挂着各种各样的东西。他背着一个我很熟悉的魔法灯笼和两只箱子，一只箱子里是火蜥蜴，另一只箱子里是一株曼陀罗。这些东西常常惹得我父亲哈哈大笑。它们是由猴子、鹦鹉、松鼠、鱼和刺猬身上的器官干燥后缝合而成的，缝合得非常细致，效果逼真。他还有一把小提琴，一箱变戏法的道具，腰上还别着一对花剑和两只面具，身上晃荡着几只不知道干什么用的箱子。他手里拿着一根顶端包着铜片的黑棍子，一条粗野的狗紧跟其后，但在过吊桥时这狗突然变得十分警惕，停住了脚步，不一会儿就凄凉地狂吠起来。

这时，这个跑江湖的站到了院子中央，举起那顶怪诞的帽子，向我们郑重地鞠了一躬，用十分蹩脚的法语和德语向我们致以啰里吧嗦的问候。然后，他打开小提琴，拉起一支欢快的曲子，陶醉地唱了一首跑调的歌，又滑稽地手舞足蹈，把我逗得哈哈大笑，都忘了在一边狂吠的狗。

接着，他又满脸堆笑毕恭毕敬地来到窗下，左手拿着帽子，胳膊下夹着小提琴，一口气向我推销了一通他的各种本领，还有各种表演道具，以及其他一些新奇有趣的玩意儿，表示随时都可以为我们表演。

"尊贵的小姐，是否愿意购买一件防邪灵的护身符？听说这里的邪灵像狼一样在森林里出没。"他说着，把帽子扔在地上，"到处都有人因此丧命，这护身符很灵，你们只要把它别在枕头上，就可以高枕无忧啦。"

他那些护身符是用长方形的牛皮纸做的，上面画着神秘的符号和图案。

卡弥拉马上买了一个，我也买了一个。

他抬头望着我们，我们也看着他，只觉得好笑，至少，我自己是这样的。不过，他看到我们的脸时，那双犀利的黑眼睛似乎察觉到了异样，脸上一度露出诧异的神色。

随即他打开一只小皮箱，箱子里装满了各种小巧古怪的钢制工具。

"瞧这里，小姐，"他一边把箱子展示给我看，一边说，"除了那些不实用的玩意儿，我还会点儿牙医的功夫。这狗也得病了！"他说，"别吵，畜生！叫得小姐都听不见我的话了。您尊贵的朋友，右边的那位小姐，有极尖利的牙齿，又长又细又尖，像锥子，像针，哈哈！我眼力好，刚才我抬头一眼就看出来了，看得清清楚楚。要是那颗牙齿弄痛小姐的话——我想您一定会觉得痛的——有我呢，瞧瞧我的锉刀、凿子、镊子，我会把那颗牙齿磨得又圆又钝，让它不再像鱼的尖牙，而是像她这样端庄淑女的牙。嘿！那位小姐不高兴了吗？我是不是太鲁莽了？我冒犯她了吗？"

他嘴里的那位小姐，真的非常生气，从窗口退了回来。

"这驼背佬怎么如此放肆？你父亲呢？我要跟他讨个说法。要是我父亲在，早就把这无赖绑在水井辘轳上了，用马车鞭子抽打一顿，然后用烧红的烙铁把烙印烙到他骨头里！"

她从窗口后退一两步坐了下来。那个冒犯她的人一从她视线里消失，她的怒火就迅速平息了，来得快，去得也快。她说话又恢复了往日的语调，似乎把那小驼背和他干的蠢事全抛到脑后了。

那天晚上我父亲情绪低落。他一回来就告诉我们又有一个人病倒了，跟最近刚死去的两个人症状非常像。病人是庄园上一个年轻农夫的妹妹，家离这只有一英里，她病得很重。据说，她也是受到了同样的攻击，现在她的身体状况正一点点地走下坡路。

"这一切，"我父亲说，"完全是自然因素造成的。这些可怜的人彼此间散播迷信，而且不停地想象他们邻里间谈到的那些恐怖画面。"

"但这太吓人了。"卡弥拉说。

"怎么吓人？"我父亲问。

"我在脑子里幻想这些画面都觉得害怕，就跟真的发生了一样。"

"我们都在上帝的掌控中：所有发生的事情都是他允许的，爱他的人总会有好结果。他是我们信实的造物主，他创造了我们，也会照看我们。"

"造物主！自然！"这位小姐对我温和的父亲说，"这场疫情是因自然使然。自然，一切都源于自然，不是吗？天上的，地下的，万事万物都按照自然法则生存、运作？我想是的。"

"医生说他今天会来，"父亲沉吟了一会儿说道，"我想知道他会怎么看这件事，还想听听他有什么建议。"

"医生对我从来就没用。"卡弥拉说。

"那时你病了吗？"我问。

"我病得很重。"她说。

"那是很久以前的事了吗？"

"是的,很久以前了。我也得了这种病,但我已经什么都想不起来了,只记得我那么痛,那么虚弱,不过我得其他病的时候情况更严重。"

"你那个时候很小吗？"

"我想是的,我们别再说这个了,你不想伤朋友的心吧？"

她有气无力地看着我的眼睛,温柔地搂住我的腰,把我拉出了房间。我父亲正忙着在窗边处理文件。

"你爸爸干吗老吓唬我们？"这位漂亮姑娘叹了一口气,身体有点发抖。

"亲爱的卡弥拉,他没有,他从来都不会想要吓唬我们。"

"你怕吗,亲爱的？"

"我一想到我可能也会像那些可怜的人一样受到袭击,我就很害怕啊。"

"你怕死吗？"

"怕啊,每个人都怕。"

"可是像恋人那样死去——一起死去,他们就能一直在一起了。女孩活在世上的时候就像毛毛虫,到了夏天她们终于能变成蝴蝶。但你看到了吗？与此同时,这世上还有蛆和其他幼虫,每一种都有独特的习性、生理需要和生理结构。这是布封先生说的，隔壁房间里有一本他的厚厚的书。"[1]

那天晚些时候，医生来了，跟父亲关在房间里聊了一会儿。

这是一位医术高明的大夫，他已年过六旬，脸上涂着粉，苍白的脸刮得像南瓜皮一样光滑。他与父亲一起从房间里出来时，我听到父亲大笑着说：

"好吧，您这样一位智者，说出这样的话来，真让我吃惊，那飞马和龙，您又怎么说？"

医生笑笑，摇摇头说道：

"然而，生与死都十分神秘，我们对此知道得还太少了。"

他们边说边走，后面的我就听不见了。那时我不知道大夫在说什么，但现在我想我明白了。

画像

那天傍晚，画像修复师的儿子从格拉茨来了，他脸色黝黑，表情严肃，马车上载着两个大箱子，箱子里有许多画像。格拉茨是施蒂利亚州的首府，距离城堡有六十英里，每逢邮差从那儿来城堡，我们总

---

[1] 布封（1707—1788），十八世纪法国博物学家、作家，此处的书应是指他的巨著《自然史》。

是在大厅里围着他，打听各种消息。

他的到来让我们这个僻静的地方好不热闹。箱子留在大厅里，两名仆人招呼他去吃了晚饭。饭后，他带着助手，拿着锤子、凿子、起子回到大厅里，我们聚在一起看他开箱。

卡弥拉坐在那里无精打采地看着从箱子里拿出来的一幅幅画像。画像全都修复过了，几乎都是肖像画。我母亲来自一个古老的匈牙利家族，这些画像大多是从她手上传下来的，现在要挂回原来的位置。

我父亲手里拿着一张清单，他念出清单上的数字，画师则找出对应的画像。我看不懂这些画到底好不好，不过无疑这些画像都已年深日久，其中有些还十分珍贵。可以说，这些画像的真容有一大半我是头一次见到，因为之前经年累月的尘灰已覆盖了原有的光彩。"有一幅画我还没看到，"我父亲说，"画的名字就在顶端的角落里，是'马西娅·卡恩斯坦'，日期标注是'1698'，我想知道这幅画现在怎么样。"

我记得那幅画，那是一幅小小的肖像画，大约一英尺半高，差不多是正方形，没有画框，不过年代久远画像变得晦暗，我辨认不出来。

这时画师得意地把这幅画拿出来。这张肖像画是那么娇美，那么惊艳，简直栩栩如生！而且，画中人分明就是卡弥拉！

"卡弥拉，亲爱的，这绝对是奇迹！这就是你呀！画上的人活灵活现，喜笑盈盈，欲语还休，很美吧，爸爸？看呀，连她喉咙上那颗小痣都有。"

我父亲笑了起来,说:"的确是惟妙惟肖。"可说完就把目光移开了,我很诧异,他竟然无动于衷,又继续跟画像修复师谈起来了。后者也算是画家了,他跟父亲谈论着那些肖像画和别的画作,是凭借他的一双巧手让这些画作又重新焕发了光彩。而我越盯着那幅肖像画看,就越感到惊奇。

"爸爸,我可以把这幅画挂在我的房间吗?"我问。

"当然可以了,亲爱的,"他微笑着说,"我很高兴你认为那幅画那么像她。如果真是她的话,这画就比我想的还要美了。"

这位年轻小姐没有笑纳这番恭维,她似乎就没有听到我们说的话。卡弥拉向后靠在椅子上,长长的睫毛下那双妩媚的眼睛若有所思地凝视着我,沉醉地微笑着。

"现在你可以清楚地看到写在角落里的名字了,看上去像是烫金字体,那根本就不是马西娅,其实是弥卡拉·卡恩斯坦伯爵夫人,在'A.D.1698'字样上还有一个小冠冕。我是卡恩斯坦家族的后裔,也就是说,妈妈也是。"

"好啦!"卡弥拉懒洋洋地说,"我想我也是,血缘关系可以追溯到很久以前,现在卡恩斯坦家族还有人在世吗?"

"我想现在没人再叫这个名字了。在很久以前的内战中这个家族就灭亡了，只留下他们城堡的废墟，距这里差不多三英里。"

"真有意思！"她懒懒地说道，"还是看看今晚的月光吧，多美啊！"她望向半开的门外，"要不去院子里走走，看看那条路和小溪。"

"这真像你来我家的那个晚上。"我说。

她微笑着叹了一口气。

卡弥拉站起身，我俩搂着彼此的腰，走到外面小路上。

四周一片寂静，我们慢慢走上吊桥，秀美的景色一览无余。

"这么说，你在想我来的那个晚上？"她几乎像在说悄悄话，"我来了你高兴吗？"

"我很高兴，亲爱的卡弥拉。"我回答。

"你还想把那张觉得很像我的画挂在你的房间里。"她叹了口气低语道，把我的腰搂得更紧了，头枕在我的肩上。"你真浪漫啊，卡弥拉，"我说，"无论什么时候你跟我讲起你的故事，总是充满浪漫色彩。"

她不说话，又吻了吻我。

"卡弥拉，你肯定是爱上谁了。此时此刻，你一定是恋爱了。"

"我没有爱上谁，而且永远都不会，"她悄声说，"除非是你。"

月光下的她是多么妩媚动人啊！

她带着羞怯和异样的神情，脸贴着我的脖子，埋在我的头发里，剧烈地喘息着，似乎就要抽噎起来了，颤抖的一只手紧紧贴着我的掌心。

她温柔的脸颊热辣辣地贴上我的脸。"哦亲爱的,亲爱的!"她喃喃道,"我活在你的生命里,你会为我而死,我是多么爱你啊!"

我一下挣脱开。

她盯着我,眼里的激情消失了,一张脸变得苍白又冷漠。

"天儿有点凉了吧,亲爱的?"她恹恹欲睡地说,"我快冷得打战了,我是在做梦吗?我们回去吧,走吧,走吧,回去吧。"

"你好像病了,卡弥拉,有点发晕。你可得喝点儿酒。"我说。

"好的,好的,我现在好点了。我一会儿就好了。对,给我点儿酒喝。"我们朝门口走去,卡弥拉说,"我们再看一会儿这景色吧,说不定这是我最后一次和你一起赏月了。"

"你现在感觉怎么样,亲爱的卡弥拉?你真的好些了吗?"我问。

我开始慌了,生怕她也染上了怪病,据说这病已在这一带蔓延开来。

"如果爸爸知道你病了还不马上告诉我们,"我接着说,"他会非常伤心的。我们这儿有一个医术高明的大夫,就是今天跟爸爸在一起的那个人。"

"我相信他是个好医生,我知道,你们都很好。不过亲爱的,我现在很好,什么事都没有,只是有点虚弱。人家都说我身体娇弱,劳累不得,我走路还不如三岁小孩。时不时用点劲儿,人就站不稳了,就像刚才你看到的那样。不过我很快就会恢复,一会儿就好了,瞧,我现在没事了吧。"

的确,她真的没事了,我们又说了很多话,她兴致很高。这之后,她那种迷狂的样子,那些让我感到尴尬、害怕的疯话和表情再也没出现过。

但那天晚上发生了一件事,让我的心念有了新的转变,生性慵懒的卡弥拉似乎也惊得跳了起来。

怪痛

我们走进客厅,坐下来喝咖啡和巧克力,不过卡弥拉什么都不吃,她好像又恢复过来了。佩罗东夫人、德·拉方丹小姐跟我们一起凑成了一个小小的牌局。父亲也来用他的"茶点"了。

我们打完牌,父亲坐在卡弥拉旁边的沙发上,有点紧张地问她最近有没有她母亲的消息。

她说没有。

父亲又问她是否知道她母亲的通信地址。

"我说不好,"她含糊其词地回答,"不过我打算走了,你们对我太热情了,你们太好了。我给你们添了这么多麻烦,我想明天就坐马车去,赶上我母亲,我知道在哪里肯定能找到她,但我还不敢告诉你们。"

"可不准你这样想,"我父亲大声说,让我着实松了一口气,"把你弄丢了我们可担当不起，我不同意你走，除非你母亲来了。她好心好意同意把你留在这里，待到她回来。如果你已经收到她的信了，我会很高兴。在这一带蔓延的奇怪瘟疫、相关传言越来越让人胆战心惊了。美丽的小姐，我着实感到肩上责任重大，又没有你母亲的消息，但我会尽力而为，有一点可以肯定，那就是没有你母亲的明确指令，你可不准再打离开的主意了。我们可不敢让你走，我决不同意你走。"

"谢谢您，先生，万分感谢您的盛情款待，"她含羞带笑地说，"您对我太好了，我住在这美丽的庄园，承蒙您照顾，还有您的乖女儿做伴，我这辈子从没像这样快乐过。"

听了她这一番话，父亲十分高兴，喜笑颜开，以他的老式做派彬彬有礼地吻了吻卡弥拉的手。

我像往常一样陪卡弥拉到她的房间，她一边铺床，我一边坐下来和她聊天。

"你觉得，"最后我说，"你真的会什么都对我说吗？"

她转过身，浅笑不语，只是冲着我笑。

"你不说话吗？"我说，"看来你不想回答，我不该那样问你的。"

"你当然可以那样问我了，问什么都可以。你不知道，你对我来说有多亲，你都没法想象，我多么愿对你倾诉衷肠。可是我发过誓，比修女发的誓庄严多了，我一点儿也不敢透漏我的事，哪怕对你说也不行。

现在，用不了多久你就会知晓一切。到时，你会觉得我狠心，觉得我太自私，可是，爱总是自私的，爱得越热烈就越自私。你不明白我现在就多么自私。你必须追随我，爱我至死；要么恨我至死，死后也继续恨我，但你依然要追随我。我冷漠的天性中没有'折中'这个词。"

"好啦，卡弥拉，你又要说疯话了。"我赶紧说。

"我才没呢，虽然我有点傻乎乎的，爱异想天开，但我在你面前可是一本正经的。你参加过舞会吗？"

"没有，你去过吧？舞会是什么样的？一定很有趣吧。"

"我都快忘了，那是好多年前的事了。"

我乐了。

"你又没那么老，你第一次参加舞会的事肯定忘不了的。"

"让我想想吧，不过回忆起来挺费劲的。回忆当时的情形就像潜泳的人在水下隔着一层厚重透明的水波回望水面一样，那天晚上发生了一件事情，把画面弄乱，模糊不清了。我只记得我在床上，遭人暗算，伤就在这里，"她摸着胸口，"从此以后，我就跟过去不一样了。"

"你那时快要死了吗？"

"是的，一场虐恋，非常怪异的爱，当时几乎要了我的命。爱就要有牺牲，就要用血来祭奠。我们睡觉吧，我觉得好乏，都没力气起来锁门了。"

她躺下来，纤纤玉手埋在脸颊下浓密的卷发里，乖巧的脑袋枕着枕头，脉脉含情的眼波一直追随着我，脸上带着一种令人费解的羞赧的微笑。

我向她道了晚安，蹑手蹑脚地走出房间，感觉怪别扭的。

我常常感到纳闷，心想我们这位美人儿有没有做过祷告呢？当然我从未见过她跪下来祷告。早上，我们全家祷告结束很久以后她才下楼来；晚上，她从来就不从客厅挪一步到大厅里参加我们简短的晚祷。

要不是一次偶然她不小心说漏嘴，她以前受过洗，我都怀疑她是不是基督徒。对于宗教这个话题，我从没听她发表过任何看法。要是我对这个世界多一点了解，她这种刻意的回避或者反感就不会让我感到意外了。

神经质的人采取的防范措施会互相传染，秉性相似的人相处一段时间后肯定会互相模仿。所以，我也像卡弥拉一样睡觉时锁上门，像卡弥拉一样担心半夜盗贼闯入或者遭人毒手，也像她一样彻底检查房间，确保房内没有刺客或盗贼藏身。

采取了这些明智的措施，我就上床睡觉了。我房间里一直点着灯，这是很早以前就养成的老习惯，雷打不动。

有了这样的层层防范，照理说我就可以安心休息了，但是梦会穿墙而来，把黑暗的房间点亮，把明亮的房间变暗，梦中人皆随意进出，门锁形同虚设。

那天晚上，我做了一个梦，从此开启了一段奇怪的痛苦历程。

我不能说那是一场噩梦，因为我非常清楚我睡着了，可是我也清醒地知道我在自己房间里，躺在床上，事实上就是如此。我看见，或者说，我以为我看到了，房间及其屋内陈设都跟往常一样，只是光线很暗，我看见一个东西在床尾移动。一开始我没法清楚地辨认那是什么，但是很快，我就看到，那是一只漆黑的动物，像一只硕大的猫。这只猫似乎有四五英尺长，它从壁炉前的地毯上走过时，身体跟地毯一样长。它体态轻盈，但就像笼子里的困兽一样，不安地走来走去，带着邪恶的气息。我喊不出来，但你能想象得到，我真是吓坏了。这个怪物的步子越来越快，房间迅速地暗下去，终于一片漆黑，我什么都看不见了，只能看到它的眼睛。我感觉到它轻轻地跳上了床，一双硕大的眼睛逼近我的脸，突然，我感到一阵刺痛，就好像有两根粗大的针，相隔一两英寸，猛地深深扎进了我的胸口。我尖叫着醒了过来。房间挺亮，通宵点着蜡烛，这时我看到床尾稍稍靠右的地方立着一个女人的身影，她穿着一条宽松的黑裙子，头发垂下来披散在肩上，一动不动，就像石头一样，而且居然没有一丝呼吸。我正盯着她看，她似乎在朝门口挪动，到了门边，门是开着的，她就溜出去了。

我终于松了一口气，能够呼吸活动了。我的第一个念头就是卡弥拉在拿我寻开心，而且我还忘记锁门了。我赶紧跑到门边，发现门跟以前一样，从里面锁得好好的。我吓坏了，不敢再开门。我赶紧跳回床上，一头扎进被窝里，一动也不敢动，直到天明。

下坠

即便到了现在，我也无法向您描述那天晚上发生的一切有多么恐怖。梦里的恐惧往往是转瞬即逝的，但这种恐惧却随着时间的推移愈加强烈，它萦绕在整个房间里，家具也仿佛附上了鬼魅的气息。

到了第二天，我无论如何也不愿独处了。我本来应该把这件事告诉父亲的，但因为两个原因而没有那样做。一方面，我猜他听了之后恐怕会笑话我，而我受不了别人把我的事当笑话听；另一方面，我想他恐怕会认为我受到了袭扰我们这一带的神秘疾病的影响。我自己倒不担心这个，但他病了一段时间，我怕把他吓着。

佩罗东夫人和活泼的德·拉方丹小姐都是好脾气的伴儿，跟她俩在一起让我很踏实。她俩都看出来我闷闷不乐、紧张兮兮的，最后，我向她们倾诉了压在我心头的那件事。

德·拉方丹小姐听后笑了起来，但我在佩罗东夫人的脸上感觉到几分焦虑的神色。

"对了，"德·拉方丹小姐笑着说，"卡弥拉卧室窗外那条酸橙树小径闹鬼呢!"

"瞎说!"佩罗东夫人叫道,大概是因为她觉得这种时候不该谈这个话题,"亲爱的,这是谁告诉你的?"

"马丁说在修理老院门的时候,他曾在天亮前上来过两次,两次都见到同一个女人在酸橙树小径上走。"

"这有啥稀奇的,有人要到河边地里去给奶牛挤奶嘛。"佩罗东夫人说道。

"我猜也是这么着,但马丁还是给吓坏了,我可从没见过他那种憨傻的人被吓成那样子。"

"你可千万别跟卡弥拉提这件事,从她房间的窗户望出去正好可以看到那条路。"我插话道,"她胆子怕是比我还小。"

那天,卡弥拉下来得比往常迟些。

"昨晚上可吓死我了,"一见到我,她就开始说,"多亏从那个被我痛骂的驼背那儿买了个护身符,不然我肯定会看到什么吓人的东西。我梦见一团黑乎乎的东西来到我床前,我直接就被吓醒了,有那么一会儿,我看到壁炉架边有个黑影。我把手探到枕头下去摸那个护身符,我手指才碰到符,那黑影就不见了。我敢肯定,要不是我身边带着符,一定会见到鬼的,说不定还要把我掐死,就跟掐死我们之前听说的那些可怜人一样。"

"好了，听我说。"然后我把自己的遭遇跟她讲了一遍，她听完之后一脸惊骇。

"那你的护身符带在身边没有呢？"她急切地问道。

"没有，被我丢进客厅的瓷花瓶里了。不过既然你觉得它这么灵，今晚我怎么也要把它带在身边。"

那天晚上我独自一人睡在自己房里，心中却没有一丝恐惧。时隔已久，我实在说不清甚至想不明白这到底是怎么回事。我只清楚地记得当晚我把护身符别在了枕头上，然后没躺一会儿便沉沉睡去，那一整晚我睡得比往常还香。

第二天晚上又是平安无虞。我一夜酣睡，连梦也没做一个。

但我次日醒来时，却感到身体疲乏、情绪低落，不过倒也并不十分严重。

"你看，我怎么说来着，"当我向卡弥拉讲述我平安无事的睡眠时，她答道，"我昨晚也睡得特别香，我把护身符别在睡衣前襟上的。前一晚的事感觉已经很遥远了。我敢肯定除了梦境之外，其他事情恐怕都是我臆想出来的。我以前一直觉得梦境是邪灵带来的，但我们的医生说根本没这回事。他告诉我，那往往只是热病或者其他什么病来袭——这原也是常有的事，结果它敲敲门，进不来，然后便离开了，只是让我们虚惊一场。"

"那你觉得护身符是什么东西呢？"我问她。

"护身符就是用某种药材熏蒸或浸泡过的，是对付疟疾的药。"她答道。

"这么说，它只对身体有作用？"

"没错。你不会以为几条丝带或药店买回来的香料就能把邪灵吓退吧。没这回事，那不过是疾病在空气中传播，它们先是入侵我们的神经，然后侵袭大脑，但它们还来不及把你掳走，就被解药赶跑了。

"我相信这就是护身符的作用，并不是什么魔法，而是自然的作用。"

倘若我能完全认同卡弥拉的说法，我想必会好受些，但是哪怕我竭尽全力了，那种可怕的感觉也只是稍稍减少了几分。

一连几晚我都睡得很沉，但早上醒来还是周身疲乏，而且整日倦怠不堪。我感觉自己像变了个人似的，一种怪异而挥之不去的忧伤笼罩着我。我渐渐产生了死亡的想法，感觉自己正缓缓下坠，这种想法悄然袭上心头，而我仿佛并不排斥。死亡或许是痛苦的，但它带给我的心境却甜蜜欢欣。

无论面临什么事情，我内心都在默然应许。

我不愿承认自己病了，不愿把这事告诉父亲，也不愿让他们去请医生。

卡弥拉比从前更加爱我了。她那奇怪倦怠的爱恋之情也发作得愈加频繁。我的体力和心神日渐衰弱，她却爱我更甚了，总是忘情地看着我。每当她这样看我，我就感觉那像是精神错乱的症状，不由得感到惊骇。

不知不觉间，我已经到了这种罕见怪病的晚期。它早期的症状颇具难以言说的魔力，使我对身体的日渐衰弱视若无睹。这种魔力逐渐增强，达到某种程度，然后便掺杂进一种可怖的感觉，正如您随后会听到的那样，它不断加深，直到我的整个生活都失掉了从前的颜色，变得扭曲错乱。

我经历的第一个变化是颇令人愉快的，但我几乎马上就要坠入地狱了。在梦中，我产生了一种模糊而怪异的感觉，其中最明显的便是我们洗澡时或是逆流而行时感受到的那种愉悦而奇特的冷战。很快，伴随着冷战，我开始没完没了地做梦，那些梦境十分模糊，难以捉摸，其中的情景和人物我都回想不起，也回想不起他们在梦中做了些什么，然而这些梦却给我留下了可怕的印象，使我身心疲惫，仿佛长期身陷险境，苦苦挣扎。一番怪梦之后，我醒来时依稀记得自己去了一处幽黑的所在，与我看不见的人说话。其中有一位女子，声音清晰而深沉，仿佛从远处对我缓缓道来，话音中总是带着一种无法形容的庄重又可怕的感觉。有时我感觉似乎有一只手在轻抚我的面颊和脖颈，有时又像是有温暖的嘴唇在吻我，吻得越来越持久，越来越深情，逐渐滑向我的脖颈，然后那个吻便凝固在此不动了。我心跳加剧，胸脯急剧地起伏，然后一阵抽噎几乎让我窒息，紧接着便是一阵痛苦的抽搐，最后我便失去了知觉。

这种难以言说的情形自开始已过去三个星期了。从上个星期开始，我的症状已显现在脸上。我脸色苍白，双眼肿大，眼圈暗沉，长久以来的倦怠感也开始显露在脸上。

父亲多次问我是不是病了，但我坚持说自己没事，如今我自己想来也觉得莫名其妙。

从某种意义上说，我说的也是实情。我的身体并无疼痛不适。我的病倒更像是思想或神经方面的。即便十分痛苦，我也保持着一种病态的隐忍，绝口不与他人提起。

我的病不可能是农人嘴里的"邪灵"带来的，因为我已经病了三个星期了，而若是得了那种病，熬不过三天人就死了。

卡弥拉也抱怨说她又是做梦又是发烧。但我想她的经历绝对不像我那样痛苦。我的经历实在是太可怕了。但凡我能明白自己是什么状况的话，我肯定会跪地乞求他人帮助的。但某种莫名的魔力控制着我，令我麻木不仁。

现在我要向您讲述我的一个梦，它突然带给我一个奇怪的发现。

有一天夜里，我在黑暗中听到一个声音，不同于我之前听惯的那个声音，它甜美温柔却又令人毛骨悚然。那声音对我说道："你母亲让你当心，有人要害你。"话音刚落，一道光倏地亮起，然后我便看见卡弥拉站在床尾，她一袭白色睡衣，从下巴到双脚都浸在一大片血迹中。

我尖叫着惊醒，心里只有一个念头，卡弥拉肯定是遇害了。我只记得自己从床上跳下来，然后就是站在门厅里高声呼救。

佩罗东夫人和德·拉方丹小姐慌忙从各自房间里跑出来。门厅里总是点着一盏灯，她们一见我便很快弄清了我害怕的原因。

我坚持要大家去敲卡弥拉的门。但我们敲门之后，房内无人应答。随后我们使劲砸门，又大声叫她的名字，但还是没有反应。

我们吓坏了，因为门是上着锁的。我们惊慌失措地跑回我的房间，拼命摇铃，摇了很久。父亲的房间在城堡的另一头，按说他听到我们摇铃应该马上就会过来帮忙，但是天哪！他居然完全没有听见。而要去他的房间的话得跑好长一段路，我们谁都没那个胆子。

不过仆人们很快就跑上楼来。与此同时，我套上了便袍和拖鞋。佩罗东夫人和德·拉方丹小姐也已如是穿好了。门厅里传来仆人的声音，我们便一起跑出去，又来到卡弥拉房门前叫她，但还是没有动静，我只得命令男仆砸门。他们一砸开门，我们就高举着蜡烛站在门口，朝屋内望去。

我们唤她的名字，无人应答。环视房间，屋内陈设物件一切如常，和我昨晚与她道别时一模一样，但卡弥拉不见了踪影。

搜寻

除了被人破门而入外，这屋子并无异样，我们见状稍稍冷静了些，不一会儿便缓过神来，把几个仆人打发走了。德·拉方丹小姐猜想，卡弥拉可能是被门外的喧哗吵醒了，慌乱之中跳下床藏了起来，藏进了书柜里或者窗帘后面，只有等管家仆人都散了她才会出来。于是我们又开始唤名字找她。

结果还是没有反应，我们越发困惑不安了。我们把窗户检查了一遍，都关得好好的。我恳求卡弥拉，说如果她藏起来了的话，就赶快出来，别玩这种残酷的恶作剧害我们担心了。然而还是无济于事。到这时候，我便确信她并不在房间里，也不可能在梳妆室里，梳妆室的门从外面锁着，她不可能进去。这下我完全糊涂了。从前我曾听老管家说这城堡里有几条密道，而今年深日久，大家早已不知这些密道的确切位置。卡弥拉莫不是发现了一条？可能过不了多久一切就会找到解释吧——但眼下我们真是毫无头绪。

已经过了四点，我想也不必回房了，便在佩罗东夫人的房里休息，直到天亮。天亮之后，一切依旧毫无进展。

次日早晨，我们全家上下一片烦躁不安，尤其是我父亲。我们把城堡搜了个遍,院子里都找了,卡弥拉依然不见踪影。我们几乎打算拉网在河里找了。父亲烦乱不已,改天姑娘的母亲来了可如何交代?我也近乎发狂了,不过我是因为别的原因而感到悲伤。

这个上午在一片慌乱不安中过去了。转眼已到一点,卡弥拉仍然没有消息。我跑上楼来到卡弥拉的房间,发现她居然就站在梳妆台前。我惊讶不已,简直无法相信自己的眼睛。卡弥拉不语,挥动纤纤玉手要我过去。她脸上流露出极为惊惧的神色。

我欣喜若狂地跑上前去,一遍遍地亲吻她、拥抱她;我又跑过去疯狂地摇铃,把大家招来,也让父亲松口气。

"亲爱的卡弥拉,这么长时间你去哪儿了?我们大家都快急疯了,"我叫道,"你上哪儿去了?怎么回来的?"

"昨晚发生的事情真是不可思议。"她说道。

"行行好,你尽量说明白点吧。"

"昨晚两点多钟,"她说道,"我像往常一样上床睡觉,通往梳妆室和走廊的门都锁得好好的。我记得自己睡得很踏实,也没做什么梦;但我刚才醒过来竟发现自己坐在梳妆室的沙发上,梳妆室的门被撬开了。那一定是好大一番动静,我这么容易被吵醒的人怎么没有被吵醒呢?我被人从床上弄了下来,怎么也没醒呢?我可是稍有动静就会惊醒的。"

这时佩罗东夫人、德·拉方丹小姐、我父亲和一班仆人都赶到了她的房间,大家你一言我一语地询问她、安慰她、向她表达欣喜之情,简直快让她招架不住了。她说来说去也就那几句话,而且在场所有人里,倒是她自己对于昨晚发生的一切最说不清楚。

父亲在房间里四下转了一圈,若有所思。我看到卡弥拉的目光一度看向父亲,眼神诡异而阴冷。

父亲打发了仆人,德·拉方丹小姐出去拿镇静剂和提神药了。屋内只剩父亲、佩罗东夫人和我自己陪着卡弥拉。父亲若有所思地走上前去,慈爱地拉住卡弥拉的手,把她带到沙发边一起坐下。

"亲爱的孩子,如果我说说我的猜想,问你个问题,你会不会见怪?"

"您尽管开口好了,"卡弥拉说道,"想问什么您就问吧,我一定知无不言。但我真是一片茫然,什么也说不上来。任何问题您都可以问,不过您也知道,有些事情妈妈是不让我说的。"

"很好,乖孩子。你妈妈不让说的问题我也不会问的。昨晚的事情怪就怪在你被人从床上弄了下来,弄出了房间,居然没醒,而且整个过程中窗户都关得严严实实的,门也从里面上了锁。我想说一下我的猜想,然后要问你一个问题。"

卡弥拉用手托着脑袋,面色颓丧。佩罗东夫人和我屏息静听。

"是这样,我的问题是:以前有没有人说过你梦游?"

"没有,打我很小的时候起,就再没有谁这么说过。"

"换句话说,在那之前,在很小的时候,你梦游过?"

"是的,有这么回事。我的老奶妈跟我提过无数次。"

我父亲微笑着点点头。

"好了,就是这么回事。昨晚你在睡梦中起身,把门打开,不过你并没像往常一样把钥匙留在门上,而是拔了出来,从外面把门锁上了;然后你把钥匙带在身上,进入了这层楼二十五个房间的其中某一间,要么就是楼上或楼下的某个房间。这个城堡里有无数个房间和密室,无数笨重的家具,要上上下下搜个遍的话,怕是得花上一个星期。现在你明白我的意思了吧?"

"不完全明白。"她答道。

"但是爸爸,她醒来时发现自己在梳妆室的沙发上,这又作何解释呢?我们可是把那里仔细搜过一遍的。"

"她是在你们搜过之后才来到这里的,当时她还在梦游的状态下,最后她醒过来发现自己躺在那里,把她自己也吓了一跳,惊讶程度丝毫不亚于大家。卡弥拉,我真希望所有怪事都能像这件事一样轻松地找到解释啊。"父亲面带笑容地说道,"所以我们应当共同庆贺才是,这件事找到了最说得通的解释,没有人下药,没有人撬锁,没有夜贼,没有人投毒,也没有女巫——没有任何事情需要让卡弥拉和我们大家担忧自己的安全。"

卡弥拉看上去十分迷人,世上真是没有什么能美得过她的姿色了。在我眼里,她那优雅的慵懒又令她显得更加美丽。我猜想父亲肯定在心里默默地对比了我和她的容貌,因为他说道:

"我真希望我可怜的劳拉的气色也能好起来。"说话间,他叹了口气。

一场慌乱就这样有惊无险地过去了,卡弥拉又回到了朋友们身边。

医生

由于卡弥拉无论如何也不愿让别人睡在她房里,父亲便命一位仆人守在她的门外,如此一来,倘若她再梦游的话,一出门就能被拦住。

一夜无事。次日清晨,父亲派人去请的医生到了,此前父亲对此只字未提。

佩罗东夫人陪我来到书房。我先前提及过的那位头发花白、戴眼镜、神情严肃、个子矮小的医生正在那里等着为我看诊。

我向他讲述了我的遭遇,他听着,面色越来越凝重。

他和我面对面地站在一扇凸窗边。我讲完之后,他肩靠着墙,认真地盯着我,眼神中流露出好奇,却又带着一丝恐惧。

略微思索片刻之后,他问佩罗东夫人,可否见见我父亲。

他们请来父亲,父亲进来时,面带微笑地说道:

"大夫，我敢说您肯定要对我说，我这个老糊涂，为这么点事就劳烦您上家里来。但愿是我老糊涂了吧。"

但当医生面色凝重地召唤父亲上前时，他脸上的笑容逐渐淡去了。

父亲和医生在我们刚才谈话的凸窗边交谈了好一会儿。

他们认真地交谈着，不时发生一些争辩。这个房间很大，我和佩罗东夫人站在另一头，对他们交谈的内容好奇得要命。然而我们一个字也听不清，他俩交谈的声音很低。凸窗的进深很深，我们完全看不见医生，而父亲也只露出脚、胳膊和肩膀而已。厚重的墙壁和凸窗围成的空间，又把他们的声音关在了里面。

不一会儿，父亲朝屋里看了看。他脸色苍白，若有所思，还显得有些不安。

"劳拉，亲爱的，你过来一下。佩罗东夫人，大夫说我们暂时不用麻烦您了。"

于是我走上前去，却第一次感觉有些惊慌，因为虽然我浑身无力，却并不觉得自己有病。至于力气嘛，人们总是认为，我们想恢复的时候就会恢复的。

我走近时，父亲向我伸出手来，眼睛却看向医生那边。他说道：

"这真是怪事，我不太明白。劳拉，过来，乖孩子，你再向斯皮尔伯格大夫回忆一下事情的经过。"

"你刚才提到在你第一次做噩梦那个晚上,感觉仿佛有两根针扎进了脖子附近的皮肤。现在还痛吗?"

"一点儿也不痛了。"我答道。

"你觉得哪里被扎了,能用手指给我们看一下吗?"

"就在喉咙下面一点点——这儿。"我说道。

我穿的便服正好遮住了我手指的地方。

"这下你该相信了,"医生说道,"你不介意让你爸爸把你的衣服稍微往下拉一点吧?我们有必要查看一下你这个病的症状。"

我默许了。那里离我衣领的上沿只有一两英寸而已。

"老天呀!——就是这个!"父亲惊叫道,脸色变得煞白。

"这下你亲眼看到了。"真被医生说中了,他脸上泛起愁容。

"到底是什么?"我惊叫道,心中害怕起来。

"没事,我亲爱的小姐,只是一小块淤青而已,大概你手指尖那么大点儿。现在的问题是,"医生转向父亲,继续说道,"最好的办法是什么?"

"这病危险吗?"我惊慌地催问道。

"我相信没有危险,乖孩子,"医生答道,"我看你一定会好起来的,马上就会好起来。这儿就是你开始感觉窒息的地方吗?"

"没错。"我答道。

"好的——那你再尽量回忆一下——你先前说感觉有一阵寒意像一股冰冷的水流迎面流过,是不是也是这个地方?"

"好像是这里。我觉得就是这里。"

"唉,你明白了吧?"他转身向我父亲说道,"我能跟佩罗东夫人说几句吗?"

"当然可以。"父亲说道。

医生把佩罗东夫人叫到身边,对她说道:"我发现这孩子情况不太好,但愿没有大碍。但还是有必要采取一些措施,容我稍后细说。不过,夫人,这段时间万不可让劳拉小姐一个人待着,这是我目前唯一能向您交代的事情,请务必做好。"

"佩罗东夫人,这就劳您费心了。"父亲说道。

佩罗东夫人自是欣然应允。

"而你,亲爱的劳拉,我知道你会听大夫的话的。"

"我还得向您请教一下另一位病人的情况。我刚才已经向您细说了我女儿的症状,另外那个孩子的症状也有点相似——她的病情轻得多,但我相信应该是同一种病。她也是一位年轻的小姐,是我们家的客人。刚才您说您晚上还要路过这里,那就请赏光在家里一起吃晚餐吧,好看看她。她不到下午是不会下楼的。"

"多谢好意,"医生说道,"那我就今晚七点左右到您这儿来吧。"

然后他俩又给我和佩罗东夫人交代了一遍刚才交代的事情，说完话，父亲便和医生一起走出去了。我看到他俩在城堡前面的小路和护城河之间的草地上来回踱步，显然是在认真地谈着什么事情。

然后我看见医生骑马离开，向东驶入森林。

医生刚走，德兰菲尔德来的邮差就到了。他下了马，把一个包递给了我父亲。

与此同时，佩罗东夫人和我忙着猜测医生和父亲为什么会那么一致而又急切地留下刚才的叮嘱。佩罗东夫人后来告诉我，她觉得医生恐怕是担心我突然发病，若不及时救治，我可能轻则重伤，重则丧命。

对于她的说法我心中不以为然。在我看来，他们那样吩咐，无非是想让我身边一直有个人守着，免得我运动过度，吃没熟透的果子，或者做那些年少无知的人容易做出来的蠢事罢了。我能这么想，也算是有幸，不至于让自己太过紧张。

大约过了半小时，我父亲走进来，手里拿着一封信，说道：

"这封信是斯皮尔斯多夫将军写的，邮寄途中耽搁了。他本来昨天就该到的，现在他可能今天或明天到。"

父亲把那封拆开的信放到我手里，但他看起来却不那么高兴似的，往日里有客人来时，他都很高兴，更不用说是将军这样的挚友了。相反，他的神色看起来仿佛是希望自己能躲到世界尽头一样。他显然有心事，却不愿透露。

"爸爸,亲爱的,您能跟我说实话吗?"我一把抓住父亲的胳膊,带着恳求的神色说道。

"也许吧。"他答道,一面温柔地把遮着我眼睛的头发理顺。

"大夫是不是认为我病得不轻?"

"不,乖孩子。他认为只要措施得当,你就会痊愈,过一两天就会大有起色。"父亲说道,语气却有点干巴巴的,"我真希望我们的好朋友将军先生能换个时间,等你大好了再来,那样我们也能好好接待他。"

"告诉我吧,爸爸,"我固执地追问道,"大夫认为我这是怎么了?"

"没怎么,不要再拿这些问题来烦我了。"他答道,流露出从未有过的烦躁。大概是看我露出委屈的样子,他吻了吻我,又说道,"过一两天你就明白了。我目前知道的就是这样。在此期间你也不必为此伤脑筋。"

他转身离开了房间,但就在我还在为这古怪的情况纳闷不已时,他又回来了。他只是告诉我他打算去一趟卡恩斯坦,吩咐马车在十二点备好,然后说要我和佩罗东夫人陪他一起去。在那个风景如画的地方住着一位牧师,父亲要去找他办事。因为卡弥拉从没见过这些人,所以等她下楼了可以跟德·拉方丹小姐一起过去,德·拉方丹小姐会带上野餐用的食物和器具,我们到时候就在废弃城堡那边吃饭。

于是，十二点钟时我已收拾妥当，不一会儿，父亲、佩罗东夫人和我便上路了。

过吊桥往右，翻过那座陡峭的哥特式桥之后我们便一路往西而去，前往卡恩斯坦废弃的村庄和城堡。

这条林间大道美极了，地势起伏，形成小丘和洼地，全都被葱郁优美的树林覆盖着，这些树木全然不像人工种植修剪的植物那样呆板拘谨。

地形多变让道路常常改变走向，我们绕着凹凸不平的洼地边缘前进，贴着陡峭的山丘行走，一路都是这样。

一番峰回路转之后，突然迎面碰上了我们的老朋友。只见将军骑着马正向我们这边走来，身后跟着的一位仆人也骑马随行，行李则放在租来的运货马车上。

我们停下马车，将军见了我们，也下了马。一番寒暄过后，将军欣然坐上我们的马车，打发仆人带着他的马先行前往我们的城堡。

丧女之痛

上次见到将军已是十个月前的事了，十个月没见，他看起来却像苍老了几岁。他身板瘦了些，脸上一向流露出的亲切平和，如今也已变作一副阴郁焦虑的神色。他那蓬乱的灰色眉毛下是一双深蓝色的眼睛，目光犀利，闪着寒光。这样一番变化似乎不是单单悲伤便能造成的，更糅杂了一种愤怒之情。

我们重新上路不多时，将军就以他一贯军人式的直率诉说起了他心爱的外甥女的死给他带来的丧亲之痛。然后，他怀着强烈的愤慨，痛诉她竟惨遭"妖术"害死，质问上天为何能容忍如此罪大恶极的邪念与狠毒，言语中满是愤怒，而不是对上帝的虔诚。

父亲立即听出此事非比寻常，便问将军，若不至于让他太过痛苦的话，可否详述究竟发生了什么事情令他如此痛不欲生。

"我当然愿意告诉你们，"将军说道，"但恐怕你们听了也未必相信。"

"此话怎讲？"父亲问道。

"因为，"将军恼火地答道，"你只会相信自己认定和想象出来的东西。我从前也和你一个德行，但我现在明白过来了。"

"那你不妨考验我一下，"父亲说道，"我也不像你说的那么武断。而且我深知，你通常都会小心求证再下结论的。因此，你下的结论我都会很尊重。"

"你说得对，我向来是从不会轻易相信那些奇谈怪论的——因为我所经历的事听来就颇似奇谈怪论，但那些离奇的证据又使我不得不相信。我被一个灵异的阴谋给骗了。"

尽管父亲满口表示相信将军的洞察力，但将军此话一出，我还是看到父亲向将军瞥了一眼,他显然是怀疑将军的精神出了问题。

好在将军并未注意。他忧郁而出神地看着我们眼前的林间空地和远处的树林。

"你们这是要去卡恩斯坦废墟吗?"他说道,"真是赶巧了。你知道吗?我原本就是想请你带我去那里看看的,我要去那里找一样东西。那儿是不是有一座破教堂,有卡恩斯坦家族的许多坟墓?"

"没错——真有意思,"父亲说道,"你该不会是在考虑继承他们的封号和地产吧?"

父亲以打趣的口吻这样说道,但将军并未对友人的打趣发笑,甚至连一丝笑意都没有。相反,他一脸严肃,甚至带着怒气,似乎在思考着一件令他愤怒而恐惧的事情。

"我想的事情完全不一样,"他粗声说道,"我想挖掘一些他们的骸骨。愿上帝保佑我,宽恕我这次虔诚的亵渎,好让我驱除那些恶魔,让好人能在床上安睡,而不至于惨遭谋害。亲爱的朋友,我有一些奇异的事情要告诉你,若是放在几个月前,我自己恐怕也会觉得难以置信。"

父亲又看向将军,但这次眼中不再是怀疑,而是敏锐和警觉。

"卡恩斯坦家族,"他说道,"绝迹少说也有一百年了。我妻子娘家那一方便是卡恩斯坦家族的后裔,但他们早已弃用当年的姓氏和封号了。家族城堡已成废墟,连那个村子也早已荒废了。上次那里冒出炊烟,至少也是五十年前的事了,如今这里只剩残垣。"

"说得没错。自从上次与你别过之后,我听说了许多与卡恩斯坦有关的事。许多事情会让你瞠目结舌。容我一件件道来。"将军开口道,"我的外甥女你见过的——我是她的监护人,所以我应该也可以把她叫做我的孩子。世上再没有谁比她更加美丽的了,短短三个月前,她还像鲜花般绽放。"

"是啊,可怜的孩子!上次见她时,她多么可爱啊。"我父亲说道,"你不知道我听到她的噩耗时有多么悲伤和震惊。我明白这对你是多么沉重的打击。"

父亲握住将军的手,两人的手紧握在一起。将军一时间老泪纵横,他并未试图掩饰,接着说道:

"我们已是多年的老友,我知道你会同情我这无儿无女的人。她是我非常关心的人,而她也用她的爱报答了我的关爱和照顾,让家里充满欢乐,也让我过得幸福。但这一切都已烟消云散,我也已残年无多。但我祈求上帝开恩,让我在入土之前替天行道,除掉那个在我那可怜孩子正值花季时将她杀害的恶魔!"

"你刚才说要把事情一一道来,"父亲说道,"请说出来吧。我向你保证,我并不是出于好奇才想听的。"

此时,我们已来到将军来时所走的德朗斯道尔路的分叉路口,沿岔路向前，便可去往卡恩斯坦城堡。

"从这里到废墟还有多远？"将军问道，一边焦急地望着前面。

"大概还有一英里半。"父亲答道，"请您把事情的来龙去脉跟我们讲一讲吧。"

往事

"我如实道来吧。"将军有些吃力地说道。他稍作停顿，整理了一下思绪，便开始讲起这段我听过的最为离奇的故事。

原本，我的孩子正满心欢喜地盼望着与可爱的劳拉见面。与此同时，我们还收到了我的老朋友卡尔斯菲尔德伯爵的邀请，他的城堡就在卡恩斯坦对面大概十八英里的地方。他邀请我们去参加一系列庆典，你还记得吧，庆典是为迎接他家的贵客查尔斯大公而举办的。

那场面十分盛大，堪称奢华！他可真是把宾客招待得十分周到，你能想到的东西他都给你变出来了。有天晚上，他举行了一场华丽的假面舞会，而我的悲伤也就从那个晚上开始了。是夜，城堡花园大门敞开，树上张灯结彩。那烟火表演哪怕是在巴黎都看不到的。还有音乐——你知道，对于音律之事，我是一窍不通的——那音乐真是叫人陶醉啊！他请来的大概是世上最好的乐手，还请来了欧洲所有伟大的歌剧院里最杰出的唱将。当你漫步在这一片火树银花之中，沐浴在月色下的城堡从一排排窗户中射出玫瑰色的光，你会忽然间听到，从寂静的树林中，或者从湖面的扁舟上，传来销魂蚀骨的声音。看着这样的奇景，听着这样的乐音，我感觉自己仿佛又找回了年轻时的一腔浪漫和诗意。

烟火表演结束后，舞会开始了。我们回到了那个恭候舞者光临的富丽堂皇的房间。你知道，假面舞会总是盛大华美的，但那么华丽壮观的场面，我还从来没见过。

宾客尽是达官显贵，而我几乎是当晚唯一的无名之辈。

我的孩子看起来十分漂亮。她没有戴面具。伯莎一向美丽动人，而当晚满心的激动和喜悦又给她平添几分说不出的魅力。我注意到一位年轻的女士，衣着华丽，但戴着面具，我发现她正以异乎寻常的兴趣打量着我的孩子。那天傍晚早些时候我就在大厅里见过她，没过一会儿，在城堡窗户下的露台上，她又在我们附近转悠，也是那么看着伯莎。在她旁边还有一位贵妇陪伴，也戴着面具，衣着华丽庄重，看来像是一位有身份的人物。

当然，如果那位年轻女子没戴面具的话，我就可以确定她是不是真的在盯着我那可怜的孩子了。

但那会儿我完全确定，她就是在盯着伯莎。

我们步入大厅。我那可怜的孩子跳了一会儿舞，倚在门边的一把椅子上休息了一会儿，我就站在她身旁。先前提到的那两位女士走上前来，年轻的那位就在我孩子旁边的椅子上坐了下来，与她同来的妇人则站在我的旁边，低声与那女子说了几句话。

然后那妇人便转向我，借着面具的掩护，以老朋友的口吻叫出我的名字，与我攀谈起来，这令我心生好奇。按照她的说法，与我曾多有交集——或是在宫里，或是在达官显贵的府邸里，我们见过很多次。她还提到了不少我已经不怎么记得的小事，那些事情只是暂时搁在我的记忆中，原本早已尘封，被她一提，又感觉历历在目。

这让我越发好奇，想要弄清楚她到底是谁，但都被她不动声色地搪塞过去了。她对我的生活了如指掌，这让我觉得不可思议。而她似乎很乐意看我被好奇心折磨，在疑惑不解中挣扎，绞尽脑汁还是猜不出来。

与此同时，那位年轻女子——她母亲叫了她一两次，名字很古怪，叫弥拉卡——她开始和伯莎攀谈起来，言谈从容优雅。

在介绍自己时，她说她母亲与我是老相识。大概是因为面具的保护吧，她的话听来直率坦白，令人愉快，仿佛老友一般。她对伯莎的衣服大加赞赏，并且恰如其分地表现出对她美貌的仰慕。她对济济一堂的宾客都进行了一番嬉笑讥诮的品评，又与我那可怜的孩子逗乐。她高兴起来，也是颇为活泼机智的。没过一会儿，她俩就成了很好的朋友。那年轻女子摘下面具，面具之下，是一张风华绝代的脸。我从未见过这张脸，伯莎也没有见过。虽说从未见过，但那张脸如此可爱迷人，让人不由自主地被它吸引。我可怜的外甥女也被她迷住了。我从没见过谁像她这样，见别人一眼就勾走了魂，而这个陌生女子，仿佛也迷上了我的外甥女。

与此同时，我也借着假面舞会的机会，向那位年长的妇人问了不少问题。

"你真把我弄糊涂了，"我笑着对她说，"你的玩笑还没开过瘾吗？咱俩要不要平等一点，可否把面具摘下来？"

"你这要求也太过分了，"她答道，"你怎么能让一位女士放弃她的优势呢！况且，你怎么知道你一定能认出我来？

岁月不饶人啊。"

"如你所见。"说着,我躬一躬身,并露出略带忧郁的浅笑。

"正如哲人所言,"她说道,"你怎么知道你看见我的脸就能认得出来呢?"

"何妨一试?"我答道,"你也不必托词自己是个老太婆了,你的身段已经出卖了你。"

"我是说,自我上次见你已经过去很多年了,而不是自你上次见我。这是弥拉卡,我女儿,就凭这一点,再宽宏大量的人也没法说我年轻了,我可不愿意你把如今的我和记忆中的我进行比较。况且你又没戴面具,也拿不出什么来和我交换呀。"

"我恳请你把面具摘下来。"

"那么我恳请你允许我不摘。"她答道。

"那你好歹告诉我你是法国人还是德国人吧?你的法语和德语都说得这么好。"

"将军大人,我想我还是不说为好,你一定想打我个措手不及,正在想该从哪里下手呢。"

"无论如何,下面这个请求你总不能拒绝了吧,"我说道,"既然在下有幸与夫人交谈,总该知道如何称呼夫人才好吧。

叫你伯爵夫人如何?"

她笑了起来,我猜她又想换个法子把我糊弄过去。老实说,我过后才明白,一切都是精心谋划好的,以免出现意外情况,把她们的计划打乱。

"这个嘛……"她正要说话,就被一位身穿黑衣的绅士打断了。他看上去优雅出众,气派不凡,唯有一点,就是面色惨白,与死人无异。他没有戴面具,只穿了一件普通的晚礼服。他脸上没有一丝笑容,但深深地鞠了一躬,显得非常礼貌,然后说道:

"伯爵夫人,可否说几句话?我有要事相告。"

那位夫人急忙转向他,手指碰了碰嘴唇示意他先别说。然后她对我说:"将军,替我留着位子,我说几句话就回来。"

玩笑似的嘱咐完这句话,她就和那位黑衣绅士走到一边去了,他们说了几分钟,看起来谈得很投机。然后他们就缓步而去,消失在人群中。

借着这个空当,我绞尽脑汁想猜出那位似乎与我颇为相熟的女士到底是谁。同时我也寻思着加入伯莎和伯爵夫人女儿的谈话,若是能套出点话来,等那位夫人回来时,说不定我就已经知晓她的姓名、爵位、城堡或庄园了,然后打她个

措手不及。但这时她却和那位黑衣男子一起回来了。那男子说道:

"伯爵夫人,马车备好时我再来通报。"

然后他鞠了个躬,就退下了。

不情之请

"如此说来,伯爵夫人是要走了啊。但愿过几个钟头咱们又能重逢。"我说道,深深地鞠了一躬。

"没准几个小时就能再见,没准要几周也说不定。真是不好意思,他刚才非要跟我说几句话。你现在想起我是谁了吗?"

我告诉她我还没想起来。

"你会知道我是谁的,"她说道,"但现在时候还没到。你可能还没猜到,我俩是老朋友了,交情匪浅。可我现在还不能透露自己的身份。三个星期后,我会去府上拜访,我一直在打听你的城堡在哪里,才打听到。到时候我要进去和你小坐一两个钟头,好好叙叙旧,重温当年那些愉快的回忆。我刚才收到一条犹如晴天霹雳的消息,我必须即刻启程。那条路迂回曲折,差不多得有一百英里,务必快马加鞭才行。这真叫我好不为难。我有个不情之请,但想到我连名字都不愿告诉你,我实在不好开口。我女儿现在体力还没恢复好,前阵子骑马出去看打猎时,她从马上摔下来了,受了惊吓,还没缓过神来,大夫也交代她这段时间切勿太过劳累。所以我们来的路上也走得很慢——一天不到十八英里,好容易才走到这里。我现在必须星夜兼程地赶路,去处理一件生死攸关的大事——下次见面时,我再向你细说这件事有多么重大。"

她就这样提出了自己的请求,那语气不像是在寻求帮助,倒更像是在施恩。当然这种态度是她的身份使然,倒不是有意的,她自己恐怕也未察觉。那番话听起来言辞恳切,我只得同意帮着照顾她女儿。

从方方面面想来,她这个请求都显得很奇怪,甚至有些唐突。她事先把我能想到的推托之词都想到了,让我无法拒绝,她就这样利用了我的仗义。与此同时,大概是宿命使然,伯莎来到我身边,低声恳求我邀请她的新朋友弥拉卡去家里做客。她刚才探过弥拉卡的口风了,感觉只要她母亲允许的话,她一定是非常乐意去的。

若放在平日,我应该会让她先别着急,至少也要知道对方是谁再邀请也不迟。但我当时也没时间细想,两位女士向我轮番发起进攻。我必须承认,那位年轻小姐无比精致迷人的脸庞和那透露出高贵出身的优雅与热情,都让我拿定了主意。我屈服了,轻易承担起了照顾一位年轻小姐的任务。她母亲管她叫弥拉卡。

伯爵夫人把她女儿唤到身边,大致向她解释了自己有急事要立马动身,她女儿认真听着。然后她又告诉女儿,已经请我代为照顾,并且补充说我和她乃是多年挚友。

我当然也附和了几句场面话,但回想起来,当时我心里其实并不乐意揽下这个责任。

这时,那位身穿黑衣的男子回来了,他礼数周到地领着那位女士出了房间。

根据黑衣男子的表现,我确信,伯爵夫人的真实身份应该比她那个头衔还要高贵得多。

她最后吩咐我,在她回来之前,除非我自己猜出来了,否则不要再去打听她的情况。据说,我们高贵的东道主知晓个中缘由。

"但是在这个地方,"她说道,"我和我女儿天天都要面对危险。大概一小时前,我不小心摘下了面具,等我意识到的时候已经晚了,我猜你大概已经看到我的脸了。所以我决定找个机会和你谈一谈。如果你真看到了我的脸,我会请求你以自己的荣誉替我保密几个星期。事实证明，你没有看见我的脸，这我就放心了。但如果你现在怀疑我的身份，或者在深思熟虑之后怀疑我身份的话，我也同样向你寻求保证。我女儿也一样必须保守这个秘密，劳烦你不时提醒她一下，以免她不小心说漏了嘴。"

她对女儿嘱咐了几句话，匆匆吻了她两次，然后就在那位面色惨白的黑衣男子的陪同下离开了，两人消失在人群中。

"隔壁房间，"弥拉卡说，"有一扇窗户正对着大厅的门。我还想再看我妈妈一眼，给她抛几个飞吻。"

我们自然没有异议，陪她走到那扇窗户前。我们向外望去，看到一辆漂亮的旧式马车，载着一队仆役。只见那位身材瘦削、面色惨白的黑衣男子拿出一件厚厚的天鹅绒斗篷披在那位女士的肩上，又帮她把帽兜罩好。她向他点点头，并且握了一下手。车门关上之后，男子不住地深深鞠躬，马车随后开动起来。

"她走了。"弥拉卡叹口气说道。

"她走了。"我自言自语道。匆匆应下这份差事之后，我第一次意识到自己干了件多么蠢的事。

"她连头都没抬一下。"年轻小姐语带哀怨地说道。

"可能是因为伯爵夫人已经摘下了面具，不愿意让人看到她的脸吧，"我说，"而且她也不知道你在窗口看她呀。"

她叹了口气，看着我。她美得让我心软。我怪自己不该后悔收留她，决心为我内心的吝啬补偿她。

那位年轻小姐又戴上了面具，和我的外甥女一起央求我回到庭院里去，舞会很快又要开始了。我们回到庭院里，在城堡窗户下的露台上来回踱着步。弥拉卡变得和我们十分亲近，给我们讲在露台上看到的那些大人物的趣事，逗我们开心。我对她越来越喜爱。对于我这样一个远离上层社会很久的人来说，她的闲言碎语非但没有恶意，反而颇有趣味。于是我就想，她和我们待在一起的话，会给我们家那有时显得颇为冷清的夜晚带来何种生机呢？

天快亮时，舞会才结束。大公兴致满满，一直跳到那时候，忠实的客人们自然也不好离开，或者想去睡觉什么的。

我们穿过拥挤的大厅时，孩子问我弥拉卡跑哪儿去了。我还以为她俩在一起呢，她却以为弥拉卡在我身边。结果，她就这么丢了。

我找了她好一阵，怎么也找不到。我担心她在和我们分开之后，把别人错当成了她的新朋友，然后跟着别人出去时跟丢了，在偌大的园子里迷了路。

这时我又猛然意识到自己还干了件蠢事，我答应照顾那位年轻小姐，却连她的名字都不知道。而且我还莫名其妙地做了一个保证，所以我甚至都没法在向别人打听时明说，那个失踪的女孩儿是几个钟头前离开的伯爵夫人的女儿。

我一直找到天光大亮时才罢休。直到第二天快两点时，我们才听到她的消息。

当时，仆人来敲我外甥女的门，说有一位年轻小姐焦急万分地问他在哪里能找到斯皮尔斯多夫将军和他女儿，她说她母亲把她托付给了这两人。

那无疑就是我们新结交的年轻朋友了，虽然有一点细节没说准确。她终于出现了，我们差点就把她弄丢了！

她给我可怜的孩子讲了事情的来龙去脉，解释她为什么花了这么长时间才找到我们。她说她一直找我们，找到很晚，后来她来到了女管家的卧室，然后就睡过去了。她睡了很长时间，因为在舞会上玩累了，体力还没有恢复。

那天，弥拉卡就和我们一起回了家。看到我心爱的孩子找到了这么一个招人喜欢的伴儿，我真是太高兴了。

樵夫

但是很快就暴露出了问题。首先,弥拉卡抱怨说自己周身疲乏——上次生病之后,她就一直感觉身子乏,而且她总是到下午很晚的时候才会走出房间;其次,虽然她总是从里面把门锁上,要等到让女仆进去帮她梳洗时才开门,但我们意外地发现,大清早她起来开门前,有时候她并不在房间里,晚一点的时候她也会在不同的时间段出去。在晨曦初露的时候,人们不止一次从城堡的窗户看到她穿过树林往东走去,看起来恍恍惚惚的。这使我断定她在梦游。但这种假设还是有个疑点。门是从里面锁上的,那她是怎么出了门又从里面锁上的呢?门窗都没打开的情况下,她怎么出去的呢?

在一片茫然不解中,一个让我更为忧心的情况出现了。

我心爱的孩子气色越来越差,健康状况开始恶化,这一切发生得太离奇,甚至有些可怕,我吓坏了。

她开始做噩梦。后来,她就看到有一个幽灵在床边走动,那幽灵有时看起来像弥拉卡,有时又像个野兽,看不清楚。最后她身上就开始出现一种称不上难受但却颇为奇怪的感觉,仿佛胸前涌过一股冰凉的水流。过了一会儿,她就感觉好像有两根大针从她喉咙下方刺了进去,让她感觉到一阵剧痛。

几个晚上下来,她一直感到一阵阵突如其来的窒息,然后就失去了意识。"

我清楚地听着老将军说出的每一个字。这时,我们的车正压着路两旁的矮草前行,渐渐接近那个已五十多年不见炊烟的废弃村庄。

您应该能想象,我听到这个可怜姑娘的症状和我如出一辙时,心里是多么惊奇。若不是因为后来降临的灾祸,她这会儿应该正在我们的城堡里做客呢。您也可以想象,当我听到他描述的那些诡异的习惯和特点竟和我们美丽的客人卡弥拉一样时,我又是何等惊骇!

林间豁然开朗。我们转眼已来到这破败村庄的跟前,这里还伫立着烟囱和山墙。在一个稍高的地方矗立着废弃城堡的塔楼和城垛,四周围绕着参天的大树。

我默默走下马车,仿佛还沉浸在一个噩梦中,大家各有心事,都不作声。很快,我们就爬上坡,进入城堡,置身宽敞的厅堂,面前是蜿蜒的楼梯和黑暗的走廊。

"这就是卡恩斯坦家族过去富丽堂皇的府邸!"老将军终于开口说道。他从一扇大窗户向外望去,村庄以外是连绵起伏的辽阔森林。"这是个罪恶的家族,他们血腥的历史就书写在这里,"他继续说道,"而他们死后竟还不改残暴的恶念,继续为害人间。那下面就是他们家族的教堂。"

他指了指山坡下面,不远处,一座哥特式建筑的灰墙在树林中隐约可见。"我听到有樵夫砍树的声音,"他又说道,"教堂附近的林子里传来阵阵斧声,没准他能告诉我们一些什么,说不定还能指给我们看弥卡拉,也就是卡恩斯坦公爵夫人的坟墓。这些大家族一旦绝迹,那些达官显贵很快就会忘记他们,但乡野间往往还流传着他们的故事。"

"我们家还有一幅弥卡拉·卡恩斯坦伯爵夫人的画像,你想看看吗?"父亲问道。

"老朋友,别着急,"将军答道,"我相信我已经见过本尊了。我之所以提前来找你,就是为了去卡恩斯坦家族的教堂察看一番。"

"什么!你见过弥卡拉·卡恩斯坦伯爵夫人本尊?"父亲惊呼,"她死了一百多年了!"

"有人告诉我,她并不是你想的那样彻底死掉了。"将军答道。

"将军,你把我完全搞糊涂了。"父亲说。他看了看将军,眼神中又露出先前那样的疑惑。

尽管老将军的言谈举止时时流露着愤怒与憎恨,但却毫不轻率。

我们穿过哥特式教堂厚重的拱门(这巨大的拱门颇适合哥特式风格),将军说道:"在我短短的有生之年,我只有一个心愿,那就是找她复仇。但愿上帝保佑,凭我这肉体凡胎还能报仇雪恨。"

"你说的复仇是什么意思?"父亲更加惊讶了,问道。

"我的意思是要斩了那魔鬼的头!"说话时,将军气得满脸通红,顿了一下足,足音在残垣断壁间凄怆地回响着。他攥紧的拳头举了起来,仿佛握着一把利斧在空中猛烈地挥舞。

"什么?"父亲惊呼道,更加困惑不已。

"把她的头砍下来!"

"把她的头砍下来?!"

"没错,用斧头、铲子或者任何武器,只要能刺穿她那残忍的喉咙就行。你就看着吧。"将军答道,气得浑身发抖。

他快步往前走了几步,说道:"这根梁可以凑合坐一会儿,你的宝贝女儿已经累坏了,让她坐坐吧。要不了几句话我就能把这可怕的故事讲完。"

那块方正的木头躺在教堂杂草丛生的小路上,正好可以当长凳坐,我欣然坐下。这时,将军向樵夫喊了一声,那樵夫正在清除靠在墙边的树枝,听到将军叫他,那位勤劳的老人拿着斧子来到我们面前。

结果他完全不认得这些墓碑。但据他所说,这片森林的护林人是个老头,卡恩斯坦家族的每一块墓碑他都认得,眼下他就暂住在大约两英里外的神父家里。我们给了他点小小的报酬,借给他一匹马,只半个小时他就把护林人接来了。

"你在这片林子里工作很久了吗？"父亲问那老人。

"我在这儿的林务官手下砍了一辈子柴了，"他操着方言答道，"我父亲也是，我们祖祖辈辈都在这儿砍柴。我可以带你们去看看我家的祖屋，就在这村子里。"

"这村子后来怎么就废弃了呢？"将军问道。

"这都是因为村子里闹鬼，先生，有几个鬼魂被我们跟到墓地抓住了，用老办法让他们现了原形，又用老办法给灭了，砍头、炮烙、火烧什么的，不过那时许多村民也死了。

"我们依法采取了这么多措施，掘开了无数的坟墓，诛灭了无数的吸血鬼，可这之后村子里还是不安生。后来，一个摩拉维亚贵族碰巧路过这里，听说这事之后，他便主动提出替我们村子驱鬼——他们那儿的人都擅长这个，他也是。他是这么干的：那天晚上月亮很亮，太阳下山没多久他就爬上了教堂的塔楼，从那上面的窗户可以清楚地看到下面的教堂墓地。他就这么盯着，后来就看到有吸血鬼从坟墓里爬了出来，把裹尸的麻布放在坟墓旁边，然后就潜到村子里祸害村民去了。

"那人见状就从塔楼上下来，拿起吸血鬼的裹尸布又爬上了塔顶。那吸血鬼觅食回来不见了衣服，看到那个摩拉维亚人在塔顶，就冲他大叫起来。那个人就叫吸血鬼自己上去拿，于是吸血鬼接受了提议，就开始往塔楼上爬，刚爬上城垛，那摩拉维亚人就用剑一挥，把他的脑壳劈成了两半，然后把他扔在了教堂墓地里，摩拉维亚人又顺着楼梯下了塔楼，把吸血鬼的头剁了下来。第二天他把吸血鬼的头颅和尸体交给了村民，村民就刺穿吸血鬼的心脏，将它付之一炬。

"那个摩拉维亚贵族获得村长授权，把弥卡拉·卡恩斯坦伯爵夫人的坟墓彻底夷为平地，所以不久之后，坟墓的原址就被人淡忘了。"

"你能给我指一下那坟墓的方位吗？"将军焦急地问道。

护林人笑着摇了摇头。

"世上恐怕已经没人知道了。"他说道，"另外，他们说她的尸体被搬走了，当然，也没人说得准。"

说完这番话，那护林人赶时间，便扔下斧子走了，留下我们听将军讲完那离奇的故事。

狭路相逢

我心爱的孩子病情急转直下，请来看病的大夫完全搞不清她得了什么病，我当时确实以为她是病了。见我心里着急，那大夫就建议进行会诊，于是我又到格拉茨去请一位更高明的大夫。

过了几天另一位大夫才赶到。他是个善良虔诚的人，知识渊博。他们一起看了伯莎的病情，然后便退到书房开始讨论，我则在隔壁房间等他们叫我。他们讨论了一阵之后，音调突然变高，不像是纯粹的学理讨论了，我便敲敲门，走进去，只见格拉茨来的老大夫正竭力维护自己的观点，他的对手则毫不掩饰地讽刺和驳斥他，还不时地哈哈大笑。见我进来，两人才停下这颇有些失态的争吵。

"先生，"我请来的第一位大夫说，"这位学识渊博的大哥似乎认为您需要的不是大夫，而是巫师。"

"请见谅，"格拉茨来的老大夫一脸不悦地说道，"我改日再用自己的方式来阐述对此事的看法。我很痛心，将军阁下，我的技能和学问在这里派不上一点用场，但走之前我想斗胆向您提个建议。"

他若有所思，坐在桌边开始写起什么来。

我深感失望，便鞠了一躬，转身打算离开，另外那位大夫指了指身后正奋笔疾书的同行，耸了耸肩，意味深长地用手抚着额头。

这样一来，会诊也完全不顶用。我走到外面的园子里，心神不宁地待在那里。过了大概十到十五分钟，格拉茨来的那位大夫追到我身边。他先是为跟在我后面而道歉，但又说如果他不跟我多交代几句就一走了之的话，他心里会过意不去。他告诉我他的判断不可能出错,任何正常的疾病都不会有这种症状。他说死神已经找上门来了,但病人还能再拖上一两天。倘若致命的发作能够马上制止,再加以精心调养,她尚有可能恢复健康。但稍有不慎,便再无回天之术。再发作一次,最后一丝生命的气息便会熄灭,病人随时可能会死。

"您说的发作是指的什么呢?"我恳求他明说。

"我全都写在这封信里了。我现在把信交给您,但请您务必遵守这个条件:赶快去请最近的牧师,当着他的面拆阅这封信,他到之前,您切不可私自拆阅,否则您会对信中的内容不屑一顾,但这事关生死,如果实在找不到牧师,您就自己读吧。"

最后告辞之前,他问我是否愿意去见一个人,那个人在这方面颇有研究,他猜想我读完这封信之后应该就会把其他事情都抛诸脑后了,到时候我可以去请他过来,或者登门拜访。说完他就走了。

牧师不在,我就自己读了那封信。若是以往任何时候、任何情况下读到那封信,我都会嗤之以鼻,但当时我心爱的孩子命悬一线,所有常规法子都用尽了,还是救不了她,我怎么能不病急乱投医?

这位博学之士写的信荒诞无比,骇人听闻,简直可以把他送到疯人院里去。他说病人正惨遭吸血鬼的戕害!他坚称孩子所说的喉咙附近被刺穿乃是两颗细长的牙齿所为——我们都知道,那是吸血鬼特有的,而她皮肤上清晰可见的淤青便是恶魔嘴唇的印痕。病人所描述的每一种症状都与前人记载过的吸血鬼袭击的特征不谋而合。

我本人对吸血鬼这类妖物的存在完全持怀疑态度,所以在我看来,这位大夫的超自然理论只不过是又一个学问与臆想的怪异结合罢了。但我当时确实是太痛苦绝望了,与其坐以待毙,倒不如按照信上说的去试试。

我藏在漆黑的梳妆室里,可怜的病人就躺在旁边的房间里。房间里点着一支蜡烛,我一直看着她睡着。我站在门口,从门缝里往外窥视,身旁的桌子上放着一把剑,那是信上教我的。刚过一点,我就看到一团庞大的黑色物体,轮廓模糊,我看到它爬过床脚,迅速趴到我可怜的孩子的喉咙上,然后顷刻之间,它已膨胀成一大团,不停抖动。

我完全吓呆了。过了好一会儿才拿着手里的剑,冲了上去。那团黑乎乎的东西缩到床脚,站在比床脚低大概一码的地板上,目光躲闪,却发出凶狠恐怖的光芒。我眼前竟是弥拉卡。我无暇细想,立刻挥剑刺去,却看见她瞬间移动到门口,毫发无伤。惊骇之余,我追上去又是一剑,她不见了。我的剑砍在了门上,颤个不停。

我没法向你描述那个可怕的夜晚是怎么过去的。整个宅子都被惊动了,而弥拉卡那个妖物早已消失不见。

但我的外甥女在遭了她的残害之后,病情急转直下,天还没亮就咽了气。

老将军气愤不已。我们没有再和他说话。父亲走到一旁,读起墓碑上的碑文来,他很入神,又走进旁边的教堂继续琢磨。将军靠在墙上,擦干眼泪,发出深深的哀叹。我仿佛听到卡弥拉和佩罗东夫人的声音由远及近,我松了口气。然后她们的声音又渐渐消失了。

在一片寂静中,听完这个离奇诡异的故事,想着这些达官贵人的坟茔正在尘土和荒草间崩塌,而故事的情节又和我自己的离奇经历惊人地吻合——在这鬼影出没的地方,参天大树遮天蔽日,周围一片死寂——一阵恐惧感悄悄袭上我的心头。一想到我的朋友们并不会来这里了,在这阴郁不祥之地,我的心不由得一沉。

老将军弯下腰,手撑着一块崩裂的墓碑底座,眼睛盯着地面。

这时,我欣喜地看到卡弥拉美丽的身影穿过狭窄的拱廊,走进教堂。

那拱廊上雕刻着怪诞的图案，尽是哥特式风格惯有的妖魔鬼怪形象。

卡弥拉露出迷人的微笑，我也向她点头微笑，正要起身说话，只见身旁的老人忽然抓起樵夫的斧头，冲上前去。一见到他，她的脸顿时变得狰狞扭曲，仿佛瞬间换了个人，蜷缩着向后一退。我还没来得及叫出声来，他便奋力一扑。但卡弥拉避开了他的攻击，毫发无损，她的小手还一把抓住他的手腕。老将军挣扎了一阵，想挣脱她，然后斧头掉到了地上，转眼卡弥拉就消失不见了。

他踉跄几步，靠在墙上，灰白色头发根根直立，脸上的汗珠闪着亮光，仿佛濒死一般。

这可怕的一幕过后，我只记得佩罗东夫人站在我面前，一遍一遍焦急地问我："卡弥拉小姐上哪儿去了？"

我好不容易才说出话来："我不知道——我说不准——她往那儿去了，"我指了指佩罗东夫人刚才进来的那扇门，"才走了一两分钟。"

"可卡弥拉小姐进来之后，我一直站在过道里，没看到她出去呀。"

然后她便开始挨着每一扇门、每一条过道和每一扇窗户找，唤"卡弥拉"，但没有任何回应。

"她还自称卡弥拉？"将军问道，依然是激动不安的神情。

"是啊，卡弥拉。"我回答道。

"啊，"他说道，"那她就是弥拉卡。很久以前她还叫弥卡拉，也就是卡恩斯坦伯爵夫人。可怜的孩子啊,你赶快离开这不祥之地,坐车到牧师家去,在那儿等我们回来。快走!但愿你再也不要见到卡弥拉。你在这儿是找不到她的。"

酷刑与处决

将军正说着话,一个长相极为怪异的人从卡弥拉出入过的那扇门走进了教堂。他身材瘦高,弓腰窄胸,穿一身黑衣,面色棕黄、布满皱纹、皮肤干涩,头上戴着一顶奇形怪状的宽边帽,灰白的长发披在肩上,鼻梁上架着一副金边眼镜,步履蹒跚地走来,有时抬头看天,有时又低头望向地面,脸上似乎永远挂着笑。他晃着又细又长的胳膊,瘦骨嶙峋的手上戴着一双过于宽大的老旧黑手套。他冲我们挥手,打着手势,但我完全看不懂他的意思。

"看看谁来了!"将军喊道,兴高采烈地迎上前去,"亲爱的男爵先生,见到您真是让我太高兴了,真没想到这么快就能见面。"这时我父亲已经回来了,将军向父亲打了个手势,把他叫做男爵的那个怪老头介绍给父亲认识。他做了正式的介绍,随即他们认真交谈起来。来人从口袋里掏出一卷纸,铺在旁边一块破旧的坟地上。他手里拿着铅笔,用它在纸上一点点地比画着线条,又不时抬起头来看看教堂某些地方,由此我断定那是教堂的图纸。他一边"上课"(我就用这个词吧),一边看着手上那卷脏兮兮的纸,里面密密麻麻写满了东西。

他们沿着侧廊往前走,边走边谈,与我遥遥相对,然后他们开始用步子丈量距离,最后站在一堵侧壁前,开始仔细检查起来。三个人扯掉爬在壁上的常春藤,拿拐杖敲打灰泥,这儿刮刮,那儿敲敲。最后在墙里找到了一块宽大的大理石碑,上面刻着几个字。

这会儿樵夫已经回来了,在他的帮助下,一块刻有铭文和纹章的碑露了出来。这正是弥卡拉·卡恩斯坦伯爵夫人潜藏已久的那块墓碑。

尽管老将军素无祈祷的心情,但这时他还是抬起双手,望向天空,默默地感谢上苍。

"明天,"只听他说道,"地方长官将会前来,依法审理此事。"

然后他转向那位戴金边眼镜的老人,激动地握着他的手,说道:

"男爵先生,我该怎么感谢您才好呢?多亏了您,这片被妖魔袭扰一百多年的土地上的百姓才能获得解救。感谢上苍,终于让我们抓住她了。"

父亲把那位陌生人领到一边,将军也跟在后面。我知道他们是要讨论我的情况,不想让我听到。他们说着话,不时飞快地看我一眼。

父亲回到我跟前,一遍又一遍地吻我,领着我走出教堂,说道:

"我们该回家了,但我必须让这位牧师和我们一起走,他住的地方离这儿不远。我得说服他和我们一起回城堡。"

我们成功说服了牧师。我很高兴，但到家时我又感到周身有一种难以言说的疲乏。当我发现卡弥拉还是没有消息时，原本高兴的我又顿觉沮丧。那个破教堂里发生的事情，也没有人给我做出任何解释。看来父亲决心要向我保密。

卡弥拉消失了，此事诡异无比，更给当日的情景蒙上一层恐怖的阴影。那天晚上，两个仆人和佩罗东夫人坐在房间里守着我，父亲则和牧师躲在旁边的梳妆室里守着。

牧师举行了庄严的仪式，我搞不懂其中的含义；同样我也不明白他们为什么要采取这么严密的防范措施来保证我睡觉时的安全。

几天之后，一切真相大白。

卡弥拉失踪之后，我夜晚的痛苦感也消失了。

想必您也听说过，在上下施蒂利亚、摩拉维亚、西里西亚、土耳其、塞尔维亚、波兰甚至俄罗斯等地都流行着骇人听闻的迷信传说，那就是吸血鬼的传说。

如果说在由无数正直而智慧的人组成的陪审团面前，证人们所作的长篇大论的证词还值得采信的话，我们就很难否认吸血鬼等现象的存在。

就我个人而言，我所目睹和经历的一切，也只能用那些古老而久经验证的理论来进行解释。

第二天，正式审判仪式在卡恩斯坦家族教堂举行。

弥卡拉伯爵夫人的坟墓被掘开了，将军和我父亲都一眼就认出来，里面躺着的，正是他们遇见的那位美丽而不忠的客人。尽管弥卡拉已经下葬一百五十年了，她的容貌却仿佛依然带着生命的气息。她的眼睛睁着，棺材里也没有一点死尸的气味。现场来了两位医生，一位代表官方，另一位则代表调查方。他们共同证实了这个令人惊异的事实：她还有微弱的呼吸和心跳。她的四肢还很灵活，皮肤也具有弹性。铅制的棺材里注入了血液，足有七英寸深，而她的身体就浸在血液里。

这种种迹象和证据证实了吸血鬼的存在。照古法人们抬起吸血鬼的尸体，用一根尖利的木桩刺穿她的心脏，这时她发出一声凄厉的尖叫，仿佛濒死之人发出的痛苦哀鸣。然后她的头被砍了下来，脖颈切口处血流如注。接着，身体和头颅被架在一堆柴火上烧成灰烬，最后扔进河里冲走了。从此，这片土地上再也没有吸血鬼出没。

我父亲保留了一份皇家陪审团的报告，上面有所有参加审判的人的签名，以证实报告的真实性。我正是从这份报告中读到了最后令人惊骇的一幕。

尾声

您或许以为我写下这些文字的时候是很平静的，但事实远非如此，我一想起这件事就无法平静。完全是由于您反复恳请我写，我才又坐下来，呕心沥血几个月，再度将自己置于那无法形容的恐怖阴影之下。即使我已得救，事隔多年，这阴影依然令我日夜难安，无法独处。

让我再说说那位古怪的沃登伯格男爵吧，正是多亏了他那奇妙的学问，我们才最终找到了弥卡拉伯爵夫人的坟墓。

他家住格拉茨，靠着在上施蒂利亚曾显赫一时的家族剩下的一点微薄家业过活。他孜孜不倦地投身吸血鬼传说的研究，搜罗了这方面所有大大小小的材料，包括约翰·克里斯多弗·海伦伯格写的《亡灵邪术》《奇异黏液》《亡灵超度者奥古斯都》以及《哲学与基督教对吸血鬼的认识》等书，另外还有其他不计其数的著作，但我只记得他借给父亲的那几本。他研读浩繁的案卷，从中归纳出一套有关吸血鬼的规律——有些是普遍适用的，有些则适用于个别情况。另外，我要顺便提一句，以往人们总说吸血鬼面色惨白，但那不过是戏剧性的虚构。吸血鬼在坟墓里是面色惨白的，但它们在人间现身时看上去和健康人并没什么区别。一旦棺木被撬开见光，它们就会显露出早已死去的卡恩斯坦伯爵夫人身上那些吸血鬼特征。

坟头的泥土完全没有移动的痕迹，棺木和寿衣也完好无损，至于它们每天是怎样从墓里逃出来，游荡几个小时再回去，这始终是一个未解之谜。吸血鬼之所以能维持这种两栖生活，靠的就是每天回到坟墓里沉睡，而吸食活人血液是为了在醒来时保持足够的体力。吸血鬼很容易狂热地迷恋上某些人，就像坠入爱河一样。它会极尽全部耐心和手段去追逐目标，永不放弃，直到满意地吸干它觊觎的猎物身上最后一滴血为止。但有时候它们会尽量克制自己，延长它们那残忍的享受，它们对猎物展开缓慢狡黠的追求，以获得极致享受。在这种情况下，它们往往会摆出一副柔弱的样子，博得别人的同情。但通常，它们会直奔主题，暴力征服，让猎物一击毙命。

显然，在某些情况下，吸血鬼也受制于一些特殊条件。在我讲的这个故事中，弥卡拉似乎只能用一个名字，即使不用真名，也只能把字母顺序调换一下，不能增删字母。"卡弥拉"是这样，"弥拉卡"也是。

卡弥拉被消灭后，沃登伯格男爵又在我家住了两三个星期，父亲向男爵讲述了那个摩拉维亚人和卡恩斯坦家族墓地吸血鬼的故事，然后问他是怎么找出弥卡拉伯爵夫人隐藏已久的墓地的。后者那古怪的五官皱起来，挤出一个神秘的微笑。他低下头，笑着抚弄他的旧眼镜盒，然后，他抬头说道：

"我手上有那位高人的许多日记和文章，其中最离奇的就是你提过的那次去卡恩斯坦墓地的经历。当然，乡野村夫口中流传的故事或多或少有些失真。他或许可以被称作摩拉维亚贵族，因为他已经迁居那里，而且他也确实是贵族，但他其实是施蒂利亚人。可以说，他早年是美丽的弥卡拉·卡恩斯坦伯爵夫人的痴情恋人。情人的早逝让他陷入了无尽的悲痛。吸血鬼注定会不断增多,因为背后有一条确凿的幽灵法则。

"想象一下,如果某个地方一开始并没有吸血鬼,那它们是从何而来,并且不断增多的呢?我告诉你吧,前提就是得有个多少带几分邪恶的人结束自己的生命,在某种情况下,自杀的人是会变成吸血鬼的。它们会趁人们熟睡时去袭击他们。而那些被袭击的人死后也都会变成吸血鬼。美丽的弥卡拉就是这样,她被其中一个吸血鬼缠上了。我的祖先沃登伯格(我至今仍用着他的名字)没过多久就发现了这个情况,然后便投身于这方面的研究,从中大有发现。

"那人断定,早晚有人会怀疑,死去的伯爵夫人已经变成了吸血鬼,可她生前是他爱慕的人啊。他想到,她变成了吸血鬼,愤怒的人们一定会处死她,她的骸骨势必遭到亵渎,这一幕太可怕了。他留下一篇奇怪的文章,说一旦吸血鬼被逐出它的两栖生活,便会以更加可怕的方式存在,所以他决意要拯救他心爱的弥卡拉。

"他心生一计,假装来到这里移走弥卡拉的遗骸,但其实是偷偷把她的墓碑藏了起来,又把墓地上的土推平。后来当他年事已高,回首往事,对自己当初的做法便有了一种新的认识,恐惧涌上心头。于是他画了一张地图,正是借着这份地图,我才找到了墓地的位置。另外,他还就自己的所作所为写了一份忏悔书。也许他有意做更多补偿吧,可惜还没来得及他就去世了。在许多人惨遭毒害之后，那个摩拉维亚人的后代终于在魔鬼的巢穴亲手诛灭了它。"

我们又聊了些其他事情，其中他提到一点："吸血鬼有一个特征，就是它们的手劲很大。将军挥斧砍弥卡拉的时候，她的纤纤玉手就像钢铁钳子一样攥住了他的手腕。它们不光攥得紧，还会让被攥住的部位麻木无力，要过好久才能恢复过来，甚至还可能没法恢复。"

第二年春天，父亲带我去意大利旅行，我们在外面待了大概一年多的时间。很久之后，这件事带来的惊骇才渐渐淡去。

时至今日，卡弥拉的各种形象还会不时在我脑海里交替出现——时而是那个顽皮、慵懒的美丽女孩，时而又是我在教堂废墟里见到的面目扭曲的魔鬼。我有时会陷入沉思，恍惚中仿佛又听到客厅门口响起卡弥拉轻快的脚步声。

绿茶

德国医生马丁·赫塞柳斯

我虽受过内外科的正规训练,却从未行过医。但是,我对这两门学科的研究没有中断,依然怀有浓厚的兴趣。刚刚涉足医生这一光荣职业却又引身而退,究其原因,倒不是我游手好闲,也不是一时冲动,而是一把解剖刀造成的轻微划伤,让我失去了两根手指。手指当即被截去了,更令人痛心的是,我的健康也毁了。自那以后,我总觉得身体不适,一年到头难得待在同一个地方。

在四处漂泊之际,我认识了马丁·赫塞柳斯医生。和我一样,他也是个漂泊客,也是位医生,也热爱自己的职业。与我不同的是,他的漂泊是自愿的。按照英格兰人对富有的评判标准,他算不上大富大贵,但至少也是祖辈所说的"生活安逸"了。我初次见到他时,他已经上了年纪,差不多比我年长三十五岁。

我视他为良师。他学识渊博,对病情有着直觉的把握。他让我这样年轻的医学爱好者既肃然起敬又心生欢喜。我的钦佩之情经受了时间的考验,也经历了死亡的阻隔。

我担任他的医学秘书将近二十年,保管、整理、编目并装订了他留下的大量文稿。我发现他对某些病例的处理颇为奇特。他有两种截然不同的行文风格。先是以一个聪慧的外行人的口吻,描述自己的所见所闻,并以这种叙事风格预见病人要么走出房门,重见天日;要么穿过黑暗之门,走向死亡地穴。接着笔锋一转,以精湛的医术,使出浑身解数,运用独有的天分,加以分析、诊断和举证。

时不时会有某个病例引起我的兴趣,不是那种让专家感兴趣的特殊病例,而是对一名外行读者来说会觉得有趣或恐怖的故事。我稍微作了改动,主要是文字上的,当然也改了人名,其余抄录如下。叙述者是马丁·赫塞柳斯医生。大约六十四年前,他在英格兰巡诊时写下了大量的病情记录,这个故事就是在其中找到的。

他在和自己的朋友——莱顿的范·卢教授的信件往来中讲述了这个故事。这位教授不是医生,而是化学家,对历史、玄学和医学均有涉猎,当年还曾写过一部戏剧。

所以，即便此文的价值不如医疗记录那么高，其行文方式却一定是让外行读者读来兴味十足的。

从附着的一张备忘录来看，这些信似乎是在1819年教授去世后退还给赫塞柳斯医生的。有些信是用英文写的，有些是法文写的，但大部分用的是德文。我明白，自己的译文谈不上优美，但忠于原文，虽说时不时会省略或缩减某些段落、隐去真名，但并没有添枝加叶。

赫塞柳斯医生讲述如何遇见牧师詹宁斯先生

牧师詹宁斯先生又高又瘦，正值中年，衣着整洁考究、一丝不苟，是旧式的高教会派风格。他生来带着几分庄重，但丝毫也不呆板，五官称不上英俊，但很端正，表情极其和善，也很腼腆。

我是一天晚上在玛丽·海杜克夫人家见到他的。他那谦逊而仁慈的神情非常动人。

那晚来客不多，他十分愉快地与我们聊天。相较于高谈阔论，他似乎更喜欢侧耳倾听，但他一开口，总是言辞得当、一语中的，因此备受玛丽夫人的青睐。夫人似乎很多事情都会向他请教，认为他是世上最幸福完满的人，但又对他所知甚少。

詹宁斯先生单身，据说有六万英镑的积蓄。他宽厚仁慈，急于在他所从事的圣职中有所作为。在别的地方，他的身体还过得去，但是一回到自己在沃里克郡的教区履职时，他很快就病倒了，而且病得很奇怪。玛丽夫人如是说。

可以确定的是，詹宁斯先生常常莫名其妙地突然病倒，有时候正在肯利斯那座古老而美丽的教堂里主持仪式时就撑不住了。可能是心脏，也可能是大脑的问题。就这样反复发作了三四次，乃至更多次，每次都是在仪式进行到了某个环节的时候，他就突然停下来，沉默片刻后，显然无法再度开始。他无声地独自祈祷着，双手高举，目视上方，然后变得面如死灰，在一种异样的、羞愧与恐惧交加的不安中，他颤抖着走下讲坛，步入法衣室，不做任何解释，就把会众丢在了原地。事发时他的助理牧师都不在场。现在，他只要去肯利斯，总是会特意安排一位牧师同行，以防他突然无法主事，有人可以立即替代他。

詹宁斯先生的身体彻底垮了之后，就仓促退出教区，回到伦敦，住进了一栋狭窄的房子，就在离皮卡迪利街不远的一条阴暗的街上。玛丽夫人说他身体一直很好，我对此有自己的看法。当然，身体状况有程度之分，我们拭目以待吧。

詹宁斯先生是个十足的绅士，但人们总说他有点怪，而对他的印象又有点说不清。有件事无疑是个有力的佐证。我觉得人们要么记不得，要么记得很清楚，我却几乎立刻就记起了。詹宁斯先生有时会斜睨着地毯,目光仿佛在追随着某个移动的东西。当然,他只是偶尔如此,并不总是这样。但正如我说过的,次数多了,他的举止就显得有些怪异,他那在地板上游走的目光中既透着几分胆怯,又带着些许焦虑。

一名医学界的哲人(正如你们恭维我的那样)会借助自己搜寻的病例来阐述各种理论,并花更多的时间,亲自观察、仔细揣摩。因此,比起一般的医生,势必观察得更细致入微,不知不觉就养成了爱观察的习惯。这种习惯处处伴随着我,如某些人所说,也不管合不合时宜,事事都想打探一番,连毫无探寻价值的对象也不放过。

在这场令人愉快的夜间小聚会上,我初次遇见的这位瘦弱、胆怯、和善而内敛的绅士,倒是个值得观察的对象。当然,我观察到的比我写下的要多。不过,凡是比较专业的内容,我都留着去写严格意义上的科学论文了。

我想说的是,我在此谈及医学,目的是希望有朝一日,人们对这门科学能有更宽泛的理解,相对于通常的物理治疗,这种理解会全面得多。我认为整个自然世界不过是精神世界的终极表现。生命源于精神世界,也只存在于精神世界。我认为人的本质是精神,精神是有组织的物质,但是与一般意义上的物质,如与光或电相比,在实质上有所不同。从最根本的意义上来讲,肉体是一副躯壳,因此死亡不是生命的终结,而只是脱离了自然之躯——这一过程始于我们所谓的死亡之时，最晚几天之后，便以"能量"复活的方式得以圆满。

掂量一下这些观点，人们也许能看出它们对医学的实际意义。不过，这些事实并未得到普遍认可，这里也绝对不适合展示证据、讨论其意义。

出于习惯，我一直在暗中观察詹宁斯先生，虽然很小心，我想他还是有所察觉，我清楚地看出他也在谨慎地观察我。玛丽夫人碰巧称呼我为赫塞柳斯医生时，我发觉他以更加尖锐的目光扫了我一眼，随后几分钟便陷入了沉思。

之后，我在房间的另一头与一位绅士攀谈时，发现他更沉静地注视着我，我明白他对我的兴趣所在。随后，我见他找机会与玛丽夫人聊起来，我也十分清楚（人往往都能意识到）自己成了远处一问一答的对象。

这位高个子牧师慢慢地接近我，很快我们就聊上了。两个博览群书、通晓地理、游历广泛又乐意交谈的人，若是找不到话题，那就是咄咄怪事了。他走近我，与我攀谈，并非偶然。他懂德文，曾读过我那本意在言外的《玄医散论》。

这位彬彬有礼的男士，温和又腼腆，显然是个有思想、爱读书的人，他在我们之间走动、攀谈，却并不完全融入其中。我已经开始怀疑，他的生活中小心翼翼地隐藏着一些讳莫如深的私事，不仅不愿让世人知晓，连对最亲爱的朋友也避而不谈。他一直在心中权衡着，要不要对我透露一二。

他还没发觉我已经看透了他的心思。我也尽量只字不提，以免敏感而警惕的他看出我在猜测他的处境或者他对我的打算。

我们漫不经心地侃了一阵子，终于他说道：

"赫塞柳斯医生，我对您的一些论文非常感兴趣，就是您关于玄医的论文。我十到十二年前读过德文版的，现在有译文吗？"

"没有，肯定没有，不然我会有所耳闻的。至少要征得我同意吧。"

"几个月前，我让这里的出版商给我弄一本德文原版的，可他们说已经绝版了。"

"是的，已经绝版几年了。不过，您还没有忘记拙作，身为作者，我受宠若惊啊。"我笑着继续说，"十到十二年还是挺长的，您没有这本书，都好好地过来了。我猜您又在脑海里翻来覆去地想起这个话题，或是近来发生了什么事，让您重新对它产生了兴趣。"

说完这番话，我又用探究的眼神扫了他一眼，他顿时窘迫起来，好似一位年轻姑娘羞红了脸，显得手足无措。他垂下眼，局促不安地绞着手，露出怪异的神情，有那么一瞬，可以说面带愧色。

我尽力帮他化解尴尬。我装作没看到，只管继续说道："我也一样，经常会对某个话题重拾兴趣，由一本书想到另外一本，时隔二十年之久，还常常让我白费力气地瞎找一通。不过，如果您还想要这本书的话，我很乐意送您一本，我手头应该还有两三本。如果您愿意接受，我将不胜荣幸。"

"您真是太好了。"他说着，一时间又轻松自在起来，"我几乎已经绝望了——真不知道该如何感谢您才好。"

"您千万别客气。区区小书，我实在羞于出手。您再称谢的话，惭愧之下，我只能把它付之一炬了。"

詹宁斯先生笑了。他问我住在伦敦什么地方，又海阔天空地聊了一阵子后，他便告辞了。

医生与玛丽夫人的问答

"玛丽夫人，我很喜欢您的这位牧师。"他刚走我便说，"他博览群书，游历四方，有见地，也吃过苦，应该是个颇有才华的朋友。"

"当然了，不仅如此，他是个真正的好人。"她说，"无论是我开办的学校，还是在道尔布里奇的所有小生意，他都给过非常宝贵的建议。您有所不知啊，只要他认为能帮上忙，他就不辞辛劳，尽心尽力。他脾气好得没话说，又那么通情达理。"

"您这么夸他助人为乐的美德，我听了很舒心。我只知道他是个和蔼可亲的朋友，除了您刚才说的，恐怕我还能给您讲讲关于他的两三件事。"

"是吗?"

"是的,首先,他没结婚。"

"对,没错,接着说。"

"他在写一本书,我是说以前在写,可能已经搁笔两三年了。这本书的论题相当抽象,也许是关于神学的。"

"嗯,您说得没错,他是在写一本书,我不太清楚内容是什么,只知道我不感兴趣,您说得很可能是对的,他确实停笔了,对。"

"还有,他今天在这儿喝了点咖啡,但他是喜欢喝茶的,至少过去嗜茶如命。"

"对,您说得很对。"

"他过去喝绿茶,喝得很多,对吧?"我继续问。

"嗯,确实很怪!过去为了绿茶的事,我们险些都吵起来。"

"可他现在已经不怎么喝了。"我说。

"是的。"

"那好,再问一件事。您认识他父亲或母亲吗?"

"都认识。他父亲过世刚十年,就葬在道尔布里奇附近。以前我们家对他们很了解。"她答道。

"那么,他母亲或父亲,我觉得更可能是他父亲,曾见过鬼。"

"哟,赫塞柳斯医生,您可真是神人哪!"

"先不说是不是神人,我说得没错吧?"我乐呵呵地问。

"当然没错!确实是他父亲。那位老人沉默寡言、古里古怪的,以前老是缠着我父亲,讲他做过的梦。后来他说他看见鬼了,还跟鬼聊天,故事讲得神乎其神。我对这事记忆犹新,因为我当时很怕他。那事是在他去世前很多年发生的,当时我还很小。他总是少言寡语、闷闷不乐,常常会在日暮时分上门,有时我正独自一人待在客厅。我总觉得他身前身后有很多鬼魂。"

我微笑着点点头。

"好了,我已经被当成神人了,我想是该说晚安的时候了。"我说。

"可是,您到底是怎么猜出来的?"

"当然是占星术喽,跟吉卜赛人一样。"我答道。于是我们愉快地互道了晚安。

第二天一早,我将詹宁斯先生询问的那本书寄给他,还附了张便条。那夜我回去得晚,到家了才发现他来过我的住处,还留了言,问我在不在家,还问什么时候来找我合适。

他是否准备敞开心扉,找我做"专业"咨询呢?希望如此。我已经构想了一套关于他的理论,临别前我与玛丽夫人的问答也证实了这一理论。我更想听他亲口确认。但是我该怎样做才能既不失良好的教养,又让他袒露心声呢?什么也不做。我倒认为他自己会想出办法来的。

亲爱的范·卢教授，无论如何，我都要让自己平易近人。我打算明天就回访他，去求见他，才算尽了礼数，也是对他的礼貌回礼。也许会有什么收获。亲爱的范·卢教授，无论是收获颇丰、小有收获，还是一无所获，我都会告诉你的。

赫塞柳斯医生在拉丁文书中读有所得

好吧，我已经去布兰克街拜访过了。

我在门口一问，仆人便告诉我，詹宁斯先生正在接待一位绅士，一个从他所在的肯利斯教区来的牧师。为保留自己的特权，也为了能再次拜访，我只说我改日再来。转身要走时，仆人请我见谅，问我是不是赫塞柳斯医生。他看我的眼神有点过于专注了。像他那样教养良好的仆人，通常是不会这么看人的。听说我就是，他说道："那么先生，请允许我向詹宁斯先生通报一声，我确定他想见您。"

不一会儿，仆人就带着詹宁斯先生的口信回来了。他让我先去他的书房（其实是客厅的后半部），他几分钟后就过来。

这还真是间书房，几乎称得上是图书馆了。屋顶很高，有两扇狭长的窗户，挂着沉重的深色窗帘。房间比我预想中大得多，四面墙从地板到天花板都摆满了书。上层的地毯（我踩上去感觉有两三层）是土耳其地毯，落脚无声。书架凸出在外，使窗户（尤其是窄窗）深陷其中。房间虽然极为舒适，甚至很奢华，但又显得阴沉沉的，加之四周寂静无声，就近乎压抑了。不过，也许是我触景生情，在心里已经将这些古怪的念头与詹宁斯先生联系起来了。我带着某种异样的不祥预感，走进这栋静悄悄的房子，踏入这个寂然无声的房间。昏暗的室内，肃穆的书封，除了嵌入墙体的两面狭窄的镜子，铺天盖地都是书，更加重了这份阴郁之感。

在等待詹宁斯先生到来时，我翻阅了他书架上的几本书聊以自娱。在书架下方摊着的书脊朝上的书堆中，我无意中发现了斯韦登堡的全套拉丁文原版《属天的奥秘》。那是一套非常精美的对开本，装帧考究：纯羊皮封面、烫金书名、暗红色书边。有几卷书里插着几枚纸质书签。我把书拾起来，一一放到桌上，把书翻到插书签的地方，读起了庄重的拉丁文，空白处用铅笔标出了许多句子。我译成了英文，在此抄录其中几句。

　　当人的内在视觉，即心灵之眼被打开时，异界就出现了，那是肉眼看不见的……

　　拥有了内在视觉，我就能看见异界的生命，比此界的东西看得更清楚。由此看来，很显然，外部视觉来自内在视觉，而内在视觉则源于更内在的视觉，依次类推……

每个人身边至少有两种邪灵……

这些恶灵也能流利地讲话,但声音尖利刺耳。他们也有说话不流畅的情况,因为有某样东西鬼鬼祟祟地潜行其中,让思想产生了分歧……

附身于人的邪灵确实来自地狱,但是附上人身之后,就脱离了地狱。这时它们的所在之处位于天堂和地狱之间,称为灵界——邪灵附身于人时,就处于灵界,不再受炼狱的折磨,而是分享人的全部所思所想,享受人所享受的一切。但是,被遣返地狱之后,它们便又恢复原状……

邪灵觉察到自己附身于人时,它们还只是与人分离的灵。如果它们能潜入人体之内,就会千方百计地摧毁他,因为它们对人怀有深仇大恨……

因此,当它们认识到我是肉身的主人后,就会不断地试图摧毁我,不仅要摧毁我的肉身,更要摧毁我的灵魂,因为地狱里的众生正是以毁灭人、毁灭灵魂为乐的。但是,我主一直保佑着我。因此,与灵共生的人是何等危险啊,除非他的信仰无比坚定……

严密防守着,不让附体的灵知道它们已经与人合体,是至关重要的,因为如果它们知道了,就会和他对话,意在摧毁他……

施恶于人、加速人的毁灭是地狱之乐事……

页脚的一大段批注引起了我的注意,那是詹宁斯先生用尖细的铅笔写的,字迹工整。我以为是他写的评论,便读了几个字,但又停了下来,因为我想错了,这段文字开头是"主啊,怜悯我吧",表明这是个人隐私。于是我移开视线,合上书,把那些书一一放回原处,只留了一本我感兴趣的。就像勤奋好学、惯于独处的人那样,我渐渐看入了迷,对外界浑然不觉,也忘了身处何处。

我读了几页,用斯韦登堡的专业术语来说,是有关"代表物"和"对应物"的内容。我正在读的一段,大意是,当邪灵被地狱同类之外的人看见时,他们就通过"对应物"的方式,以野兽的模样现形,因为兽类代表邪灵的贪欲、生命、恐怖和凶残。这一段很长,专门列举了几种野兽的形式。

四目共读

我正用铅笔的一头指着那段话,一行行往下读时,突然觉得有些异样,便抬起了眼。

我的正前方是刚才提到的其中一面镜子,镜中映出了我那位朋友高大的身影。詹宁斯先生俯在我的肩头，读着我正埋头苦读的那一页，脸色阴沉而愠怒，我几乎认不出他了。

我转身站了起来，他也站直了身体，勉强笑了笑，说：

"我走进来，向您问好，可是您沉浸在书里，没听到。所以我禁不住好奇心，就非常冒昧地从您背后偷看了。您不是第一次读到这本书吧？肯定很久以前就研究过斯韦登堡吧？"

"是啊，太对了！我从斯韦登堡那里受益良多。您从拙作《玄医散论》里能看出我受他的影响。承蒙厚爱，您还记得那本小书。"

虽然我的朋友装出愉快的样子，他的脸还是微微一红，我能觉察出他心绪不宁。

"我几乎不够格，对斯韦登堡知之甚少。两周前我才拿到那些书。"他回答道，"嗯，从我读过的一点点来看，我觉得这些书会让独处的人感到神经紧张。我不是说它们把我也弄得紧张了。"他笑道，"我非常感激您那本书。您收到我的便条了吧？"

我得体地表示感谢，也自谦了一番。

"只有您的书让我完全读进去了。"他接着说，"我一眼便知，这本书言外之意很深。您认识哈利医生吗？"他很突兀地问。

顺便提一下，笔者认为此处提到的这位医生是全英格兰有史以来最有声望的医生之一。

"我觉得,他是我平生见过的傻瓜里最傻的一个。"詹宁斯先生说。

我还是头一次听他尖刻地评论别人,将这样的字眼用在享有如此盛名的医生身上,有点让我吃惊。

"是吗?在哪方面?"我问。

"他的职业。"他答道。

我露出微笑。

"我的意思是,"他说,"他好像是个半盲的人,我是说他看到的世界一半是黑暗的,另一半却异常鲜亮耀眼。最糟糕的是,他很执拗。我没法让他——我是说他不肯——我找他看过病,但是我觉得他在某种意义上说,不过是个思想瘫痪的人、半死不活的才子。总有一天,我会告诉您的,统统告诉您。"他有点激动地说,"您在英格兰多待几个月吧。如果您逗留期间我外出了,能允许我给您写信吗?"

"不胜荣幸。"我说了句宽心话。

"您太好了。总之,我对哈利极其不满。"

"他有点唯物主义倾向。"我说。

"十足的唯物主义者。"他纠正我道,"您无法想象,那种事让深受其害的人多么忧心。您别把我的忧虑告诉任何人,包括您认识的我的朋友。目前,没人知道我去看过哈利医生或其他医生,连玛丽夫人也不知道。所以请您别对人提起。如果我受到了某种攻击的威胁,请允许我给您写信。要是我在市里，就找您谈一谈。"

我满腹狐疑，不知不觉中目光凝重地盯着他，盯得他一度垂下了眼帘。然后他说：

"我明白，您是想让我现在就告诉您，免得您乱猜一通。不过，您还是别想了。就算您猜一辈子，也猜不出个所以然。"

他微笑着摇摇头。天边突然飘来一片乌云，遮住了冬日的阳光。他咬着牙倒吸了口气，像忍着痛似的。

"得知您曾找机会咨询过我的同行，我很难过。不过，您随时随地都可以召唤我，放心吧，我很感激您对我的信任。"

接着，他聊起了其他话题，在相对轻松愉快的氛围中，又过了一会儿，我便告辞了。

赫塞柳斯医生被召唤到了里士满

我们假装愉快地道了别，但是他心情不好，我也高兴不起来。人的面孔是心灵的窗户，虽然我经常见到各种各样的面孔，也拥有医生的胆识，但这张脸上的表情却让我深感不安，只要看一眼詹宁斯先生，就萦绕心头，久久挥之不去。有股凄凉阴郁的力量攫住了我，令我浮想联翩，我甚至改变了当晚的计划，去看了歌剧。我觉得自己得换换脑子。

我没听到他的消息,也没收到他的来信。两三天后,他寄给我一张便条,写得很欢快,充满希望。他说他这一小阵子好多了,可以说非常健康。他准备试验一下,去教区待上个把月,看看做点工作会不会让他身体不适。他以宗教徒的热诚,表达了对自己恢复健康的感激之情,至少现在他自以为重获新生了。

又过了一两天,我见到了玛丽夫人。她把便条上的内容又讲述了一遍,说他实际上在沃里克郡,已经在肯利斯教堂重新履行牧师职责了。她还说:"我想,他是真的痊愈了,其实他从来都没什么大碍,不过是神经紧张,想太多了。我们都会神经紧张,但是我觉得工作卖力一点是神经衰弱的良药,他已经下定决心试一试了。他要是待上一年不回来,我也不觉得奇怪。"

尽管对他信心十足,只过了两天,我就收到了他的便条,是从他在皮卡迪利街附近的家里寄来的:

亲爱的先生:

我又失望地回来了。如果我觉得能够见您,我会写信请您来的。现在我极度低落,想说的话一句也说不出来。请别对我的朋友提起我,我谁也见不了。上帝保佑,不久您就会有我的消息了。我打算去什罗普郡一趟,那里有我的一些亲人。

上帝保佑您！希望我回来后，能比我现在给您写信时，更愉快地与您重逢。

此后又过了大约一周，我在玛丽夫人家见到了她。她说，留在城里的最后一个亲戚也要动身前往布莱顿了，因为伦敦的社交季已经结束了。她收到了詹宁斯先生的侄女、住在什罗普郡的玛莎的来信。信里没说什么，只说他情绪低落、精神紧张。那些字眼，健康的人不以为然，暗中却隐藏着怎样的痛苦啊！

又将近五周过去了，再没有关于詹宁斯先生的任何消息。那周末，我收到了他的一张便条。他写道：

> 我一直待在乡下，呼吸不同的空气，看着不同的景物，接触不同的面孔，什么都变了，唯独我自己没变。世间最优柔寡断的人莫过于我了。我已经竭尽所能，下定决心对您袒露我的病情。如果您时间允许的话，请今天就来吧，明后天也行，但请尽量早点来。您不知道我多么需要帮助。我在里士满有栋安静的房子，我就住在这里。也许您可以过来吃晚餐、吃午餐，或喝茶都行。您不用费力就能找到我的。布兰克街捎信来的仆人随时可以派马车到门口接您。我随时恭候

您。您会说我不该独处,我已经尽全力了。过来看我吧。

我叫来了仆人,决定当晚就去,即刻动身前往里士满。

那是一栋非常老式的砖房,门前车道栽了两小排阴森森的榆树,枝繁叶茂,高过房顶,将房子笼罩在浓荫之下,几乎将它环抱了。见到此景,我心想,詹宁斯先生还不如找个公寓或旅馆呢。这个选择不合常理,想不出比这里更阴沉冷清的地方了。房子是他名下的。他在城里住了一两天,由于某种原因待不下去了,就搬了过来,也许因为这是自己的房子,家具齐全,来这里不用多想,也不会因难以抉择而推迟行期。

已是日落时分,霞光映红了西天,照亮了四周的景色,有种似曾相识的怪异之感。大厅似乎很暗,但是走到窗户朝西的会客厅,我又沐浴在暮光之中。

我坐下来,望着窗外壮丽而悲凉的余晖映照下树木繁茂的景色。霞光一点点消退,屋子的角角落落已经暗下来,一切都变得幽暗起来,我的心也不知不觉地沉下来,已经做好了面对险恶的准备。我独自等着他的到来。很快他就来了。与前厅相通的门开了,在红彤彤的暮色中,隐约可见詹宁斯先生高大的身影。他迈着静悄悄的步子,轻手轻脚地进了屋。

我们握了手,把椅子挪到窗前,在那里借着天光还能看清彼此的脸。他在我身边坐下,按着我的胳膊,连开场白都没说,就直接讲了起来。

狭路相逢

眼前是西天暗淡的余晖、里士满繁盛而孤寂的树林,身后和左右是愈来愈昏暗的房间。那昏暗而诡异的光线落在病人冷漠的脸上——他的脸依然和善,但是面色已经变了——虽然微弱,可是仿佛碰触到什么,就会突然发亮,旋即又消失在黑暗之中,几乎没有一点过渡。万籁俱寂,室外能听到远处的车轮声、狗吠声或口哨声,病弱的单身汉家里则是一片令人压抑的沉寂。

病人木然的、泛着异常红晕的脸,就像沙尔肯[1]的肖像画一样,在黑色背景的衬托下,鲜明突出。从他的脸上,我已经猜到了问题的实质,虽然对详细情况一无所知。

他说:

> 事情发生在三年十一个月零两天前。那天是十月十五日。我记得清清楚楚,因为此后的每一天都是折磨。如果我的叙述中有纰漏,请告诉我。

---

[1] 沙尔肯(1643—1706),荷兰肖像画家,以擅长再现烛光的效果而闻名。

大约四年前，我开始着手一项工作，是关于古人的宗教玄学的，为此我费尽了心思，也读了不少书。

那是有学识、有思想的异教徒的真实信仰，与象征性的宗教崇拜截然不同，是一个宽泛而且很有意思的领域。但是对心智，我是说对基督徒的心智，没什么好处。异教在本质上是紧密相连、自成一体的，而且他们的信仰、礼仪和学说之间有种邪恶的共鸣。异教蛊惑人心，必遭天谴。上帝宽恕我！

那时我写了很多东西，深夜也在写。我心里一直想着这个问题，走到哪儿都想着，完全陷进去了。要知道，所有与之相关的物质观念多少都有动人之处，这个课题本身也颇有趣味。当时的我无忧无虑。

我相信，凡是认真从事写作的人——用我朋友的话来说——都得靠某种东西撑着，比如茶、咖啡或雪茄。我想，从事这样的工作是一种物质上的损耗，每小时都要有所补充，否则就会变得过于恍惚出神，精神就会脱离肉体之外，除非灵与肉的联系能常常受到真实知觉的提醒。不管怎样，我感觉到了这种消耗，就加以补充。茶是我的伴侣，起初喝的是普通红茶，通常的喝法，不太浓，但是我喝得很多，而且越来越浓了。我从未有过任何不适的感觉。我又开始喝一点绿茶，发现效果更好，它让我思路清晰、思维敏捷，于是我渐渐喝得频繁起来，但只是为了怡情，喝得并不浓。我在这儿写了很多东西，这屋子真是安静啊。我常常熬到深夜，已经习惯了一边工作，一边时不时地啜一口绿茶。我桌上有一把小水壶，就挂在台灯上方，夜里十一点到凌晨一两点之间，我都会用它泡上两三壶茶，然后才上床睡觉。那时我天天都进城。我可不是出家人，虽说我会在图书馆待上一两个小时，查阅权威文献，留心对我的研究有启发的闪光点，可我觉得自己没有一丝病态。和往常一样，我经常会见朋友，喜欢与他们交往，总的来说，生活从来没有如此愉快过。

我遇见了一个人，他有一些奇怪的老书，德国出版的，是用中世纪拉丁文写的。他允许我看看他的书，我高兴极了。这位好心人住在市里一个很偏僻的地方。我在他家逗留得太久了，超过了原本计划的时间。出了门，见附近没有出租车，我就坐上了途经此地的公共马车。公共马车在一栋老房子前停下来时，天色比现在还暗一些。那房子门前两边各种了四株杨树，在那里，除我之外的最后一位乘客也下了车。之后，车开得更快了。已经是黄昏了，我靠在门边的座位上，沉浸在愉快的思绪中。

公共马车里近乎全黑了。我注意到正对面的那个角落、紧挨着马匹后端的地方,有两个小圆点,似乎是一道红光的反光。它们间距两英寸左右,大概有水手外套上的小铜纽扣那么大。百无聊赖之中,我不禁琢磨那到底是什么小玩意儿。这道微弱的深红色光来自何处?是什么物体反射的呢,玻璃珠、纽扣还是玩具装饰物?我们一路晃晃悠悠地行驶着,还有将近三英里路要走。我还没解开这个谜团,事情变得更离奇了。只见那两个光点猛然一动,离地板越来越近,但还是保持着相对水平的距离和位置。然后,它们忽然升高到与我的座位持平的高度,就消失不见了。

这一下大大激起了我的好奇心。我还没来得及细想,就又看见了那两个暗淡的光点,还是并排贴近车厢地板;接着又消失了,随后又出现在最早看见它们的角落。

于是,我紧盯着那两个点,从我这一侧悄悄地往前挪移,朝那两个红色小圆点所在的尽头走去。

公共马车里几乎没有亮光。天快黑了。我探着身体,竭力想弄清楚那两个小圆点究竟是什么。我一探身,它们也跟着移动了。现在我能看出一个黑乎乎的东西的轮廓,很快就勉强辨认出一只小黑猴子,它正学我的样子往前探着头。那两个圆点是它的眼睛,我隐约看到它冲我龇牙咧嘴地笑着。

我往后退了退,不知道它会不会跳过来。我以为是哪个乘客把这个丑陋的宠物忘在车上了。我想试探一下这家伙的脾气,又不敢用手指头去碰,便用伞轻轻地戳了戳它。它一动也不动,伞尖戳过去,穿透了它。伞尖穿过它的身体,来来回回都没有受到一点阻力。

我当时的惊恐,无法向您形容半分。当我确定那东西是我的幻觉时,不由得为自己担心起来,恐惧让我魂不守舍,我盯着那个畜牲的眼睛,一刻也无法移开视线。我看着它时,它往后跳了一小步,缩进角落里去了。慌乱之中,我发觉自己在车门口,已经探出头,大口呼吸着外面的空气,看着眼前闪过的灯光和树木,万幸自己还在现实世界中。

我叫停了公共马车,下了车。付车费时,我觉察出司机看我的眼神怪怪的。我敢说,我当时的表情和举止都很异常,因为我从来没有如此怪异的感觉。

第一段旅程

公共马车开走了,把我一人留在路上。我环顾四周,看那猴子有没有跟着我。四下看不见它,我心中的释然难以言喻。

我无法形容刚才受了多大的惊吓。我以为已经摆脱掉那只猴子了，心中充满了由衷的感激。

我提前一点下了车，离这栋房子还有两三百步。人行道的一边是一堵砖墙，墙内是紫杉树篱，或是那一类深绿色常青植物，树篱里面还有一排郁郁葱葱的树木，您来时应该见过。

这面砖墙大约齐肩高，我冷不丁一抬眼，又看见了那只猴子。它弓着腰，四肢着地，在墙头上连走带爬地紧跟着我。我停下脚步，厌恶而恐惧地看着它。我一停，它也停下来。它坐在墙头上，长长的手搁在膝盖上，也望着我。光线很暗，只能看清它的轮廓；天还没有完全变黑，它眼中那诡异的光并不突出，但我依然能清楚地看到那两点朦胧的红光。那猴子没有龇牙，也没有丝毫不耐烦，它显得疲倦而阴郁，定定地盯着我。

我退到了路中央。那是无意识的后退。我站在那里继续看着它，它没动。

我本能地决定做点什么试试看，什么都行。于是我转过身，一边快步向城里的方向跑，一边侧目观察那畜牲的动静。它沿着墙头敏捷地爬行着，和我的步伐完全一致。

快到转弯处、围墙到头时，它跳下墙，矫健地跳了一两步，便到了我脚前。我加快了脚步,它继续追着我。它跟在我的左侧,就在腿边,我觉得随时都会踩住它。

路上空旷无人、静悄悄的,天色越来越暗。我在惊慌失措中停下来,掉头朝家的方向走去,和刚才走的方向相反。我站定时,那猴子往后退了五六码,也停下来看着我。

当时,我比刚才说话时还要烦躁不安。当然,我也和大家一样,在书上读到过"幽灵幻觉"的说法,那是你们医生的术语。我考虑了一下自己的处境,觉得噩运临头了。

书上说,这种病症有时是暂时的,有时却很顽固。在我读过的一些病例中,有些幻觉起初并无恶意,但是会渐渐黑化,变成可怕的模样,叫人无法忍受,最终将病人拖垮。我一动不动地站着,除了那只畜牲做伴外,孤身一人。我试着安慰自己,一遍又一遍地念叨着:"这纯粹是一种病,一种人尽皆知的身体疾病,和天花、神经痛一样确凿无疑。我可不能犯傻。我最近睡得太晚了,想必消化系统也出了毛病,上帝助我,我不会有事的,这只是神经性消化不良的症状罢了。"我相信这一套说辞吗?一个字都不信。落入魔爪、脱不了身的可怜人是不会信的。这违背了我的信仰,或者说我的学识,我只是在逼自己假装勇敢而已。

我现在往家的方向走去，离家只有几百码的路了。我强迫自己听天由命，但是还没从极度可怕的震惊中恢复过来，还处于初感厄运降临的慌乱之中。

我决定在家过夜。那畜牲紧跟在我身边，我觉得它有种迫不及待的感觉，就像疲惫的马或狗临近家门时那样。

我不敢进城，怕有人认出我。我意识到自己举手投足之间，有种压抑不住的焦躁不安。我还担心自己的生活习惯会大变样，比如去娱乐场所，或是出门以步代车，好让自己筋疲力尽。那猴子在大门外守着，等我上了台阶，开了门，便跟了进去。

那晚我没喝茶，我抽了雪茄，喝了点白兰地和水。我想我应该进行点物质享受，过一过感官生活，让思绪放空，可以说是在强迫自己养成新的习惯。我来到了这间客厅，就坐在这儿。当时那边放着一张小桌，那猴子便爬了上去。它恍恍惚惚、无精打采的，一举一动中有种无法抑制的不安，我禁不住一直盯着它。它眼睛半睁半闭，却仍然发着光。它定定地看着我，无论何时何地，它总是清醒地看着我，始终如此。

我就不再详述这一晚的遭遇了。我倒是要讲讲头一年的情况。这一年基本没变化。我要说说这猴子白天出现的情形；

我还要说，它到了晚上，会有些异常。这是一只小猴，通身全黑。它只有一个特点，那就是怀着恶意，深不可测的恶意。第一年里，它看上去郁郁寡欢、病恹恹的，但在它阴郁而倦怠的外表下，总是潜伏着深深的恶意和戒心。整整一年，它像是计划好了似的，除了不间断地看着我，没给我惹一点儿麻烦。它的眼睛一刻不停地盯着我。自从它来了以后，除了睡觉之外，无论白天黑夜、天明天暗，我始终能看到它，不过它会毫无缘由地消失几个星期。

一片漆黑时，它也和白天一样清晰可见。不仅仅是它的眼睛，它周身都罩着一圈光环，像余烬的红光，走到哪里，那光环就跟到哪里。

它暂时离开时总是在夜里、在黑暗中，每次都如出一辙。它先是变得坐立不安，然后怒气冲冲，龇着牙，浑身颤抖着，握紧爪子，朝我扑来。与此同时，壁炉里会蹿出火苗。我从来不生火。屋子里一生火，我就睡不着。它一步步走向烟囱，愤怒得直哆嗦，怒火达到顶峰时，便纵身跃进壁炉，顺着烟囱消失不见了。

它第一次消失时，我以为解脱了，从此恢复了新生。一整天过去了，一晚上过去了，它没回来。美好的一周过去了，过了一周又是一周。赫塞柳斯医生,我一直跪地祈祷,感谢上帝。自由了整整一个月后,突然间,它又回来找我了。

第二段旅程

它回来了,以前阴郁的外表下蛰伏的那股恶意活跃起来,其余完全没变。这股新能量先是表现在它的行动和面容上,很快就体现在其他方面。

要知道,一开始,它只是变得更活泼好动,带着一股危险的气息,仿佛总是在盘算着什么阴招。它还和从前一样,一刻不停地盯着我。

"现在它在这儿吗?"我问。

"不在。"他说,"它离开整整两周零一天了,也就是十五天。有时它会离开两个月之久,有一次走了三个月。它一走,总会超过两个星期,虽然也可能只过一天就回来。我上次见到它是十五天前了,现在它随时都可能回来。"

"它回来时,"我问,"有什么异常表现吗?"

"没有,什么也没有。"他说,"回来就是回来了。从书本上抬起眼,或是一转身,我就看见它,像往常一样看着我。然后就和之前一样,一直待到要走为止。我还从来没有对任何人说这么多，讲这么详细。"

我觉得他很激动，面如死灰，不停地用手帕擦拭额头。我提醒他他可能是累了，说我很乐意明早再来，他却说：

"别，如果您不介意，现在就听我讲完。既然已经说了这么多，我还是想努把力一口气说完。我对哈利医生讲的时候，好像没这么多话要说。您是位哲学家式的医生，您认为幽灵是存在的。如果这东西是真的——"

他停下来，用探询的目光激动地注视着我。

"我们可以慢慢讨论，充分讨论。我会把我的想法全都告诉您。"我顿了顿，答道。

"好……好的。如果它不是幻觉，我想说，它正逐渐占据上风，一步步把我拉进地狱里。哈利医生说起过视神经。啊！好吧，还有其他传导神经。愿上帝助我！您听我说。

"我刚才说，它的行动力更强了。在某种程度上，它的恶意也变得咄咄逼人。大约两年前，我和主教之间的一些悬而未决的问题得到解决后，我便迫不及待地前往沃里克郡教区谋职。我对将要发生的一切没有防备，不过事情发生后，我觉得对这种事多少还是能理解的。我这么说是因为——"

他越说越费劲，越说越勉强，还时常叹气，有几次好像都说不下去了。不过，此时的他不再焦灼不安，更像是个精神颓丧、自暴自弃的病人。

我还是先给您讲讲我的教区肯利斯吧。

我离开此地，前往道尔布里奇的时候，这个沉默的旅伴就跟着我了。我住进分配给牧师的房子后，它还是跟着我。我开始履职时，又有了一个变化，这东西竟丧心病狂地一心要阻挠我。它随我进了教堂，跳上读经台，蹦上讲台，还跳进领圣餐的围栏里。最后，它嚣张到了极点，我给会众布道时，它一下子跳到书上，蹲在那儿，让我看不见书上的字。这事发生过不止一次。

我一度离开道尔布里奇，向哈利医生求助。我一切都照他的吩咐去做。他为我的病情费了不少心思，应该是感兴趣吧。刚开始他似乎成功了。那猴子将近三个月没回来。我以为自己没事了。完全征得医生同意后，我回到了道尔布里奇。

我是乘轻便马车去的。我精神很好，可以说，心情愉悦，满怀感恩。我想，我已经从可怕的幻觉中解脱出来，又可以回去履行向往已久的职责了。那是个美丽的黄昏，天气晴朗，一切都显得宁静而欢欣，我很快乐。记得我还探出窗外，去看掩映在树丛中的肯利斯教堂的尖顶，最早映入眼帘的就是它了。环绕教区的一条小溪，恰好就在那里从地下涵洞穿过，又从路的另一边流出来，路边竖了一块石碑，上面刻着古老的碑文。经过此地时，我缩回头，又坐下来，却在车厢的一角看到了那猴子。

一时间，我觉得头晕目眩，接着万念俱灰，惊恐不已。我叫住车夫，下了车，坐在路边，默默地求上帝宽恕。我陷入了绝望和无奈之中。我的同伴又跟着我回到了牧师住处，再次加害于我。短暂的抗争之后，我屈服了，很快就又离开了。

我说过，在此之前，这畜牲已经变得有些咄咄逼人了。我再解释一下。它似乎被一股强烈的、愈燃愈烈的怒火驱使着，无论何时，只要我在祈祷，哪怕只是在心中默念，它都会来捣乱，直到把我吓得打住为止。您也许会问，这个沉默无形的幻影怎么能打断我呢？是这样的，每当我默默祈祷时，它总会出现在我面前，一步步逼近。

它常常跳到桌子上、椅背上、壁炉架上，慢悠悠地荡来荡去，自始至终盯着我。它的一举一动有种说不清道不明的力量，让人无法思考，把我的注意力牵引到它那单调乏味的动作上，直到我的思维渐渐枯竭，最终消耗殆尽。除非我活动起来，摆脱掉那种思维僵住、似乎快要迷失心智的状态。它还有其他办法。比如，即使我闭上眼睛祈祷，还是能看到它一步步逼近。我知道这根本无法解释，可我确实能看见，虽然闭着眼。就这样，它扰乱我的思绪，压制着我，让我最后不得不站起身来。如果您亲身经历过，就知道什么叫绝望了。

第三段旅程

赫塞柳斯医生，我知道您听得很仔细，一字不漏。接下来我要说的话，您不必特别留意。人们谈起视神经和幽灵幻觉，仿佛受影响的只有视觉器官，其实不止如此。前两年，这糟糕的病情产生的影响确实仅限于这个范围，但是，就像食物入口，先是被嘴唇轻柔地送进去，接着就要被牙齿咀嚼；就像小指尖被卷进搅拌机的曲柄后，整个手掌都会被带进去，然后是一条胳膊，最后整个身体都会被吞噬。因此，可怜的凡人啊，一旦被庞大的地狱机器牢牢抓住最纤细的神经末梢，就会越陷越深，最后变成我这样。是的，医生，就像我这样。我向您倾诉，寻求解脱，可又觉得，我的祈祷不可能实现，我的祈求也终将一无所获。

他明显变得激动起来,我试着安抚他,告诉他千万别灰心。

我们说着说着,夜幕已经降临了,窗外的景色沐浴在朦胧的月色中。我说:

"您该点上蜡烛吧?您看,这光线有点异样。希望我在做诊断时,您能尽量保持常态。我能说诊断吗?当然,换个词我也没意见。"

"对我来说,什么光都一样,"他说,"除非是读书写字。哪怕是永夜,我也不在乎。我还想给您讲讲大约一年前发生的事。那家伙开始和我说话了。"

"说话!您是什么意思?像人一样说话吗?"

"是的。一字一句,语意连贯,发音清晰。但是有一点很怪,它用的不是人声,我不是用耳朵听到的,而是在我脑子里嗡嗡作响。

"它对我说话的能力要把我毁了。它不让我祈祷,用亵渎神灵的污言秽语打断我。我不敢再继续,没法再继续。哦!医生,难道人的本事、人的思想和人的祈祷就无济于事了吗?"

"亲爱的先生,"我说,"您必须向我保证,别再为那些不安的念头劳心费神,只原原本本地描述事实就可以了。最重要的是,您要记住,就算那东西让您不堪其扰,觉得它似乎是真实存在的,有着独立的生命和意志,但是它没有能力伤害您,除非上天赐予它伤害您的能力:它能否进入你的感官主要取决于您的身体状况。上帝保佑,那是您的慰藉和依靠：我们都被庇护着。只不过您的'外壳'，您身上裹着的纱，那层屏障，有点儿破损了，光线和声音都能透过来。我们必须开始新的征程，先生，振作起来。今晚，我会仔细推敲一下您的整个病情。"

"您真是太好了，先生。您觉得我还值得试一试，没有完全放弃我。可是，先生，您不知道，它对我的影响太大了，它对我发号施令，活像个暴君。我越来越无助了。愿上帝拯救我！"

"它对您发号施令？您是说用语言吗？"

"对，是的。它总是怂恿我去犯罪，去伤害别人，伤害我自己。要知道，医生，情况真的很危急。几周前，我在什罗普郡的时候，"詹宁斯先生的语速加快了，他浑身发颤，一手抓住我的胳膊，看着我的脸，"一天，我和一帮朋友出去散步，我的迫害者也在身边。我落在了大家的后头。要知道，迪伊河附近的乡下很美，我们恰好经过一座煤矿附近，树林边上有一口竖井，据说有四十五米深。我侄女也和我走在最后面。当然，她对于我遭受的痛苦一无所知。不过，她知道我病了，情绪低落。她陪着我，免得我落单。我们一起慢悠悠地溜达着，跟着我的那畜牲一直逼我跳进竖井里。现在我说出来了，哦，先生，您想想吧！我是担心那可怜的姑娘亲眼看见这一幕，会承受不了那么大的打击，这才让我免遭横死。我说我走不下去了，让她继续往前走，和她的朋友们走在一起。她找借口跟着我，我越催她，她越不肯走。她的表情充满了疑虑和恐惧，我想一定是我的脸色或举动吓住她了。她执意不走，这等于救了我一命。先生，您不知道，一个活人竟能如此不堪地沦为撒旦的奴隶。"他说着，凄惨地呻吟了一声，打了个寒战。

他停顿了一下，于是我说："不管怎样，您还是得救了。这是上帝的意志。您在上帝的掌握之中，不受任何人的左右，因此，对未来要有信心。"

家

我让他点上蜡烛，见房间里气氛愉快、有了人气后，方才离开。我告诉他，必须完全把这个病看成是身体疾病，虽说病因有点微妙。我还告诉他，从他刚才讲述自己被解救的经过来看，上帝是关心他、爱护他的。可他似乎以为自己已经到了被上帝摒弃的地步，这让我很痛心。我坚持说，他这个结论是毫无根据的，不仅如此，他在什罗普郡远足时能神奇地逃出杀人魔掌，更证明他的想法违背了事实。首先，他不想让侄女留在身边，她却执意陪伴他左右；其次，他极不情愿当着侄女的面自戕。

我把这些道理讲给詹宁斯先生听的时候，他哭了，似乎得到了慰藉。我让他答应我，只要那只猴子再回来，就立刻派人叫我来。我也再次向他保证，在彻底弄清他的病情之前，我不会在别的问题上花时间或心思，明天他就能知道结果。说罢，我便告辞了。

上马车前，我嘱咐仆人，他的主人状态很差，他要常去主人房间看看。为了免遭打扰，我自己也做了一番安排。

我只回了一趟家，取了一张旅行书桌和一只毛毡旅行包，就坐着出租马车去了一家名叫"号角"的旅店。这家旅店离城约两英里，非常安静舒适，墙壁筑得很厚实。我准备当晚就在这舒适的客厅里，不受打扰、心无旁骛地花几个小时，研究一下詹宁斯先生的病情，也许第二天早上还要花不少时间。

（赫塞柳斯医生在此处详细记录了他对该病情的看法，以及针对生活习惯、饮食结构和服用药物开具的处方。读来怪怪的，有人也许会觉得很神秘。总之，如果悉数照抄，我可能拥有的读者对此未必感兴趣。显然，整封信都是他在临时隐居的旅店里写的。后一封信的落款地址则是他在城里的住处。）

我昨晚九点半出城去了那家旅店，过了一夜，直到今天下午一点钟才返回城里的家中。我发现桌上有一封詹宁斯先生的亲笔信，但不是邮寄的。我问了才知道是詹宁斯的仆人送来的。得知我今天才会回来，也没有人知道我去了哪里，他很是不安。他说，得不到答复，主人就不准他回去。

我打开信，读了起来：

亲爱的赫塞柳斯医生,它又来了。您走了还不到一小时,它就回来了。它开口说话了。它对发生的一切都了如指掌。它全都知道,也知道您。它发了狂,恶狠狠地谩骂不休。它对我写下的每个字都心知肚明。我向您承诺过的,所以写了这封信,恐怕我写得乱七八糟、语无伦次。我的思绪被扰乱了,心烦意乱。

您的永远诚挚的罗伯特·林德·詹宁斯

"信是什么时候送来的?"我问。

"昨天夜里十一点左右。后来那人又来了,今天已经来了三回。上一次大约在一小时前。"

听罢,我几分钟后就出发前往里士满去见詹宁斯先生,兜里揣着针对他的病情写的笔记。

如你所知,我对于詹宁斯先生的病情,绝对没有丧失信心。我在《玄医散论》中写过一个对所有类似病例普适的原则,他记住了这个原则,也付诸了实践,但是用错了方式。我急切地想试验这个原则,于是兴趣高涨,急于在"敌人"真正现身时,对他诊察一番。

我驱车来到那栋阴森的房子,跑上台阶,敲了敲门。不一会儿,门开了,开门的是一位身着黑色绸衣、身材高挑的女子。她一副病容,似乎一直在哭。她行了个礼，听了我的问话，也不作答。她转过脸去，指了指两个正在下楼的男子，就这样默默地把我引见给他们之后，她便匆匆穿过一扇侧门，关上了门。

我立刻走上前，和离大厅最近的那名男子搭话。走近了，我才惊骇地发现他的双手沾满了鲜血。

我退后了几步。另一个刚走下楼的男子只是低声说："这是仆人，先生。"

那位仆人在楼梯上停下脚步，看到我便不知所措、哑口无言。他用一块手帕擦着手，帕子上浸透了鲜血。

"琼斯，怎么了？发生了什么事？"我问道。我感觉不妙，一阵揪心的疑虑攫住了我。

那人叫我去大厅，我立刻走到他的身边。他眉头紧蹙，眯着眼睛，面色苍白，将可怕的事情经过告诉了我，而我事先已经猜中了一半。

他的主人自杀了。

我随他上了楼，走进那个房间——我不想把我见到的那一幕告诉你。他用剃刀割开了自己的喉咙。伤口很瘆人。那两个人已经把他抬到了床上，把他的四肢摆正。地板上的一大摊血迹表明，他是在床和窗户之间的地方倒下的。床的周围和梳妆台下铺着地毯，其他地方都没铺，因为他说过不喜欢在卧室里铺满地毯。原本阴暗的房间现在变得十分恐怖。窗外，几棵大榆树遮天蔽日，其中一株将一根粗枝的影子投在骇人的地板上，缓缓地移动着。

我对仆人招手示意，我们便一起下了楼。我离开大厅，拐进一间镶着护墙板的老式房间。站在屋里，仆人把知道的一切都告诉了我，但他讲得并不多。

"先生，从您昨晚临走前说的话和神情来看，您一定觉得我的主人病得很重。我想，也许您是担心他突然发作，或是出什么事，所以我完全听从了您的吩咐。他睡得很晚，睡下已经凌晨三点多了。他没写东西，也没看书，一直在自言自语，说了很多，不过这并不稀奇。三点左右，我帮他宽衣，换上拖鞋和睡袍。大约半小时后，我悄悄回去看他。他躺在床上，几乎光着身体，床边桌上点着一对蜡烛。我进去时，他正用胳膊肘撑着身体，望着床的另一侧。我问他需不需要什么，他说不需要。

"先生，不知道是您对我说的话呢，还是他本身就有点异样，反正昨晚我心里不安，莫名地对他放心不下。

"又过了半小时，也许是半个多小时，我又上了楼。这次没听见他自言自语。我把门推开了一道缝。和往常不同，两支蜡烛都熄灭了。我手里拿着一支蜡烛，就稍微往里照了照，悄悄望了望四周。我见他坐在梳妆台旁的椅子上，又穿好了衣服。他转身看着我。我很诧异他竟然穿衣起床,灭掉蜡烛,在黑暗里独自坐着。但我只是问他有什么吩咐,他说不用,语气很尖利。我问他用不用点上蜡烛,他说:'随你的便,琼斯。'于是我点了蜡烛,待着没走。他说:'琼斯,跟我说实话,你怎么又来了,是听见有人在诅咒吗?''没有,先生。'我说,心里纳闷他是什么意思。

"'没有,'他接着我的话说,'当然没有。'我对他说:'先生,您不再睡会儿吗?现在才五点。'他没答话,只是说:'我会的。晚安,琼斯。'于是我就走了,先生。但是不到一小时,我又上去了。门关得死死的。他听到我的声音,问我有什么事。听声音像是从床上传来的。他希望我不要再打扰他,我便躺下睡了一会儿。再次起床时大约是六七点钟的样子,房门还是紧闭着,他没有作声。我想他大概是睡着了,就不想去打扰他。到了九点,我才又去看了看。他习惯了有需要时按铃叫我,我没有叫醒他的固定时间。我轻轻叩了叩门,没有应答。我以为他在休息,就等了好一会儿。到了十一点,我才真的为他担心起来,因为在我的印象中,他最晚也不会超过十点半还不起床。没人应答,我又是敲门又是喊他,可还是没有回应。门推不开,我就从马厩叫来了汤姆斯。我们一起撞开了门,就看见了您刚才见到的令人震惊的一幕。"

琼斯没什么可说的了。可怜的詹宁斯先生非常和蔼可亲,他身边的人都很喜欢他。我看得出他的仆人很动容。

就这样，我情绪低落、心乱如麻地离开了那栋可怕的房子，离开了那片昏暗的榆树树荫。我再也不想回到这里了。我给你写信时，仿佛刚做了一个可怕而单调的梦，还半睡半醒着。我不愿忆起那一幕，它令我难以置信，毛骨悚然。可我知道这都是真的。这是一个中毒反应的故事，毒素激发了心灵和神经的交互作用，麻痹了区分内外部感官功能的组织。就这样，我们找到了奇怪的"伴侣"，肉体凡胎与不死灵魂过早地相识了。

致受苦受难者

亲爱的范·卢教授，你也曾有过类似的病症，还说这样的症状发生过两次。

上帝保佑，是谁把你治好的？正是鄙人，马丁·赫塞柳斯。不过，我想引用三百年前一位法国名医说过的那句无比虔诚的话："医生治疗，上帝治愈。"

好了，我的朋友，别伤感了。让我告诉你一个事实。

如我书中所示，我曾经遇到并治疗了五十七例这样的幻视症，我客观地将这类幻视称为"心灵的过早升华"。

另一类的病情才是真正的"幽灵幻觉"，虽然人们常常将两者混淆。在我看来，后者很好治愈，就像头疼脑热或轻微消化不良一样好治。

真正考验着我们头脑的是第一类幻视。我遇到过五十七例这类的病症，不多不少，刚好五十七例。其中治疗失败的有多少例呢？一例也没有。

只要多一点耐心，对医生有足够的信任，就没有什么治不好的病痛。只要具备这些简单的条件，治愈是十拿九稳的事。

你别忘了，我还没来得及给詹宁斯先生治病呢。给我十八个月，也许会延长到两年，我就能彻底治愈他，对此我深信不疑。有些病例很快就能治愈，有些则会拖很久。任何一位医生，只要他有悟性，尽心尽力，就一定能妙手回春。

你知道我那篇短文《大脑的首要功能》。在文中，我通过无数的实例证明，神经系统很可能也是一个循环系统，也有类似动脉和静脉的机制。如此看来，在这个系统中，大脑就相当于心脏。因此，这种类似液体的物质先是通过一类神经传输出去，改变形态后又通过另一类神经输送回来。这种液体在本质上是精神性的，但也不是非物质的，和我此前所说的光或电差不多。

由于各种滥服滥用，比如习惯性饮用绿茶之类的制剂，这种液体的质量可能会受到影响，其平衡更是频遭破坏。拥有这种液体是我们与幽灵的共通之处。一旦与内感官相连的大脑或神经发生栓塞，人的感知层面就会过度暴露，游魂野鬼就在此作祟：人与幽灵的相互交通差不多就这样形成了。以大脑为中心的循环系统和以心脏为中心的循环系统有着密切的相互作用。眼睛是外视觉的中心器官,内视觉的中心则是神经组织和大脑,就位于眉周和眉骨上方。你还记得吗?当时我只用冰镇的古龙水外敷,就有效地驱散了你的幻觉。然而,只有极少数病例的治疗可以依葫芦画瓢迅速见效。冰冷的东西对神经液体有很强的驱避作用。作用的时间长了,甚至能导致知觉永久丧失,这就是我们所说的麻痹。时间再久一点儿,会造成肌肉和感官的瘫痪。

再说一遍,我深信,我应该首先遮蔽并最终封闭詹宁斯先生无意间打开的心灵之眼。震颤性谵妄发作时,也会打开相同的感官。当心脑不再过度活跃,随之而来的大量神经堵塞得到纠正,身体状况有了明显改善,心灵之眼就会再次被彻底封闭。纠正的过程很简单,但要持之以恒,治愈是必然的,我还从未失败过。

可怜的詹宁斯先生自杀了,但是,酿成这出惨剧的是另一种完全不同的病症,可以说,它伴随着已罹患的疾病一并发作。他的病显然是一例并发症,他真正的死因应该是遗传性自杀狂。可怜的詹宁斯先生还称不上是我的病人,因为我还没有开始为他治疗。我确信,他还没有完完全全、毫无保留地信任我。只要病人不与疾病为伍,就一定能治愈。

故人

引子

我从大约两百三十个与"绿茶"相似的病例中挑选了以下这则病例，姑且称之为"故人"。

赫塞柳斯医生照例在这则医案的手稿上又附上几页信笺，用紧凑得如印刷体的字迹写下了对此案的评论。他写道：

"平心而论，对于巴顿先生奇事，没有谁比这位尊敬的爱尔兰牧师讲述得更完美了，不过，这并不是一份完美的医学报告。要是有一位聪明医生自始至终关注着病人的病情发展，他的报告倒可以提供一些让我更有底气的信息，我就会更了解巴顿先生可能的遗传倾向，通过疾病的早期征兆，我会找到疾病的更深的根源。

"我们可以把所有雷同的病例粗略地分为三类，其依据主要是主客观之间的基本差别。在那些宣称看到了超自然现象的病例中，有些仅仅是幻觉，这完全是大脑或者神经的病变使然；另一些人，则无疑是外因使然，即我们所说的灵异事件导致；最后一类人情况比较复杂，他们的内在感觉是敞开的，但这种敞开却是由于疾病导致，并在疾病的作用下持续开放。这种病从某种意义上说，就好比皮肤表皮擦破，皮肤真皮层持续暴露在外，导致了敏感度的降低，习惯性的痛感也随之降低，这正是我们需要提防的后果。但是就大脑及其与大脑功能、感官印象直接相关的神经而言，一旦受损，脑循环会出现周期性的震荡紊乱。我想，我已经在 A.17 号论文手稿中对这种情况进行了阐述，这种震荡性紊乱与充血性紊乱有着本质区别，后者我在 A.19 号论文中有所阐述。震荡紊乱过于严重时会伴随幻觉。

"如果我见过巴顿先生，并且对他进行了仔细检查，就会澄清一些问题，毫不费力地给他的疾病下诊断，可是现在，我的诊断只能建立在推测的基础上了。"

这就是赫斯柳斯医生的评述，他还写了很多，不过那部分只有专业的医生才会感兴趣了。

以下是托马斯·赫伯特牧师对此事的详细讲述。

脚步

当时我还是个年轻小伙,跟这桩怪事里的一些人过从甚密,所以这件事给我留下了深刻而持久的印象。我会如实地讲述此事,当然,我也会加上从各处听来的情况,希望能将事情的来龙去脉清楚地呈现给大家。

大约在1974年,有位詹姆斯·巴顿爵士,他的弟弟回到了都柏林。此人曾在海军服役,有些战果,在反对美国独立的战争中担任过皇家护卫舰的舰长。巴顿舰长大约四十二三岁,是个很睿智的人,他心情开朗的时候也很随和,但他通常都比较矜持,偶尔还有点忧郁。

不过,在社会生活中,他表现得通晓世故,颇有绅士风度。他一点也没沾染上海上生活的人那种喧闹粗暴的习气,相反,他言谈举止十分从容安静,堪称文雅。他中等身材,体格强健,脸上带着思虑过度的皱纹,总的来说,他的神情凝重忧郁。不过,我说过,他教养极好,加上优越的家境和良好的经济状况,他当然就轻而易举地跻身都柏林的上流社会了。

从个人习惯看,巴顿先生的生活并不奢侈。他就住在当时城南的一条时髦的街上,家中只有一匹马和一个仆人,虽然他以自由思想者著称,他的生活却平静有序又恪守德行。他不赌博,不喝酒,也无其他不良嗜好。他过着一种孤独的生活,没和谁建立过亲密关系,也不给自己找个伴儿,他似乎只是混迹于男人的圈子,主要是为了凑个热闹消遣消遣,而不是为了和人交流思想情感。

因此,巴顿先生被认为是一个节俭、谨慎、不爱交际的人,可能会一直保持独身,而且很可能在得享天年、寿终正寝时留下一大笔钱捐给医院。

不过,现在看来,巴顿先生的生活显然不是我们所想的那样。一位年轻的女士,蒙塔古小姐,就在那时被自己的贵妇姑妈 L 夫人介绍进了男性的社交圈子。蒙塔古小姐天生丽质,多才多艺,十分聪明活泼,所以一度成了圈子里的红人。不过,除了赢得一些华而不实的追捧满足自己的虚荣心外,别的她什么都没得到。没人会娶这位小姐的,因为,很不幸,她除了有点个人魅力外,并无丰厚的家资。鉴于这种情况,当巴顿舰长成为这位不名一文的蒙塔古小姐的公开恋人时,众人都大吃一惊。

可以想见,他的求婚非常顺利,L 老夫人很快就把这个消息陆续告知她的一百五十名朋友,说巴顿舰长已经通过了她的考察,向侄女蒙塔古小姐求婚了,而蒙塔古小姐也欣然接受了,只是要征得父亲的同意,而他正在从印度返家途中,预计最迟两三周就会抵家。

显然,姑娘的父亲不会不同意的,所以说这迟来的赞成也只是走个过场而已,大家已把他俩看成定了终身的一对,而且依照传统礼节,姑娘既已名花有主，L夫人也就不再让她参加城里的各种社交活动了。

巴顿舰长成了这个家里的常客，同时享受着未婚夫的特权，与这家人相处甚密。这就是当时的情形，而一桩桩神秘事件就是从这个时候开始发生的。

L夫人住在都柏林北边一座漂亮的宅邸里，而巴顿舰长的住处，之前我们已经说过，在南边。这一南一北相隔甚远，但巴顿舰长晚上告别老太太和蒙塔古小姐之后，总习惯一个人走回家。

他走夜路回家途中，最近的路线就是穿过一条新铺的街道，这条街很长，两边只有些房屋的地基。

一天晚上，就在和蒙塔古小姐订婚不久后，巴顿舰长在L夫人家陪夫人和小姐待到很晚。他们谈到了上帝显灵的迹象，而巴顿舰长坚决不信神，斩钉截铁地说没这种事。当时所谓的"法国原则"在上流社会中大行其道，尤其是在那些宣称忠于辉格党的人中。所以老太太和她的侄女都未能免受影响，都认为巴顿先生的观点犯了大忌。

聊着聊着，他们的对话已转移到超自然现象和奇迹上去了，他还是一如既往地不信邪，对此嗤之以鼻。事实上，巴顿先生还真不是装模作样，他的观点正是他自己坚信的，甚至可以说这是他的信仰。也许我这个故事最吊诡之处恰在于，这个多年来从不相信所谓超自然现象的人，却沦为了可怕的超自然力量的牺牲品。

已经过了午夜，巴顿先生起身告辞，独自步行回家。他走到了那条僻静的路上，两边建筑物地基上的矮墙还未完工，月色朦胧，晦暗不明的月光让这条路显得格外沉闷，万籁俱寂中似乎有种莫名的躁动，他的脚步声也变得异常响亮和清晰，打破了寂静。

他走了一段路，突然听到另一个脚步声，那脚步声很有节奏，似乎就在他身后二十来步的地方。

被人跟踪的感觉总是令人不快的，尤其是在这样一个僻静的地方。巴顿先生越来越觉得有人在跟踪他，他猛地转过身想迎面撞上那人，可是，月光照亮了他身后的路，路上一个人影都没有。

他听到的绝不是自己脚步的回音，他重重地踏了几步，又轻快地来回走几步，都没有听到回音。虽然他绝不是一个爱幻想的人，但他最终还是把这些声音看成是他的幻觉。于是，他又安心地上路了，可走了十几步后，身后又传来了那个神秘的脚步声，而且这次仿佛是要有意显示它不是回声，这脚步一会儿慢得几乎要停下来，一会儿又匆匆地走了七八步似乎要跑起来，然后又慢了下来。

巴顿舰长像之前那样猛地转过身来，可结果还是一样——空荡荡的路面上什么都没有。他往回走，心想一定能查清楚令他惊慌失措的声音到底是怎么回事，可还是一无所获。

尽管他不信邪，但一种迷信的恐惧迅速袭上心头，带着这种出人意料的不安感，他又转过身继续走。走到之前停下来折回去的地方，那吓人的脚步声又响起来了，而且突然跑了起来，仿佛那看不见的跟踪者正朝惊慌失措的巴顿先生跑来。

巴顿舰长像先前一样停下了脚步——这事太莫名其妙了，让人一头雾水——他十分烦躁，厉声喝道："是谁？"周围安静极了，只有他自己的话音，而他的声音里带着难受和沮丧，他还感到一种从未有过的莫名的焦虑。

那脚步一直跟着他走到这条孤零零的街道尽头，他必须鼓足勇气，竭力压制住自己每时每刻想以最快的速度逃到安全地带的冲动。直到回到家中，坐在自家的炉火边，他才放下心来，重新整理思绪，琢磨这件让他心慌意乱的事。这么一件芝麻大的小事，终究还是挫败了高傲的怀疑论者，让人屈服于内在本能。

监视者

第二天早晨，巴顿先生很晚才吃早餐，他坐在餐桌边，怀着好奇而不是害怕的心情，思忖着前一天晚上发生的事，昨晚留下的阴郁记忆在白天的愉悦气氛中很快就消散了。就在这时，邮差送来一封信，摆到了他面前的餐桌上。

就这封信上的姓名地址来看，并无特别之处，只是笔迹陌生，也许是认识的人故意换了笔迹写的,因为那些细长的字体全都向右倾斜,这种情况下谁都会心里纳闷。他对这些字琢磨了好一会儿,才拆开信封。信笺上用同样的笔迹写着:

巴顿先生,"海豚号"的前舰长,你有危险!请避开那条街(昨晚走过的那条街道),如再走此路,将遭遇不测——切记!你应当害怕。

巴顿舰长读了一遍又一遍这奇怪的措辞,将信翻来覆去看了好几遍,检查了信纸,再次审视了笔迹,还是一无所获。他又检查那枚印章,可那只是一块蜡,上面有一个不经意留下的,不甚清晰的拇指印痕。

巴顿先生没有发现任何蛛丝马迹,可以帮他了解甚至猜测这封信可能出自谁手。写信人似乎还是出于善意,但又把他归于"应当害怕"的一类人。这封信、写信人以及写信人的真实目的,对他来说就是一个难解之谜,而且,在他看来,还在暗示一些别的事情也跟他昨晚的遭遇有关。

出于某种心绪——也许是自尊吧——巴顿先生并没有把刚才我详细讲述的事情告诉他人,就是对准新娘也没说。尽管这些事情很琐碎,却实实在在地让他产生了不好的联想,哪怕是对那位年轻小姐,他也不愿吐露一个字，因为她知道了后也许会认为他软弱。这封信很可能是个骗局，而那神秘的脚步声也可能只是他的幻觉或者某人的恶作剧。可尽管他装出一副对此事满不在乎的样子，这事还是顽固地萦绕在他心间，他心中充满费解的疑虑和莫名的担忧，让他备受折磨，沮丧不已。当然，在此后相当长一段时间里，他都小心翼翼地避开了信中讲的那条危险街道。

收到那封信差不多一个星期后，又发生了一件事，让巴顿先生想起了这封信，原本渐渐消散的烦恼又回来了。

过了我说的这阵消停日子后，一天夜里，他在克劳街上的戏院看戏出来，把蒙塔古小姐和L夫人送上马车，又和两三个熟人闲逛了一会儿。

不过，他在学院附近就跟他们分手了，独自回家。现在已经过了凌晨一点，街上一个人也没有。在先前跟几个朋友散步时，他时不时觉察到那个脚步声，就好像那脚步一直跟着他们似的。

他回头看了一两次，担心一周前让自己惊慌失措的神秘脚步又再次出现了，他迫切地希望看到什么有形之物，自然就明白声音的来源了。可是街道上空空如也，一个人影儿都没有。

现在，他独自走在回家路上，越来越清晰地意识到那个熟悉而实在可怕的脚步声又来了，越发紧张不安起来。

就在学院公园的围墙外,那个声音几乎跟他的脚步声同时响起来,而且节奏快慢不均——有时慢,有时候走了十几米后又突然跑起来——这声音一直跟在他身后。他一次又一次地回头迅速地瞥一眼,几乎每走五六步就要回头看看,可还是不见一人。

这种无形的暗处跟踪,让他心神不宁,渐渐无法忍受,最后回到家中时,他的神经已经紧张到了极点,无法放松,直到破晓,他才能躺下休息。

早晨仆人敲卧室门把他吵醒了,走进来交给他刚到的几封邮件,其中一封邮件立即引起了他的注意——他只瞥了一眼马上就睡意顿消。他一下就认出了上面的笔迹,这封信写道:

> 巴顿舰长,你也许想摆脱我,可这就像摆脱自己的影子一样不可能。不管你做什么,我都会跟着你,你会看到我的,因为我可不像你以为的那样想藏起来。但愿没打扰到你的好梦,巴顿舰长。不过,你若还有良心的话,又何必怕我呢。

观察者

我们不必揣摩巴顿先生阅读这封奇怪来信的感受了。有人看到,巴顿舰长在之后的几天里整个人魂不守舍……但没人猜到个中缘由。

不管他怎么想那个幽灵般跟着他的脚步声，他收到的这些信件可绝不是幻觉，而且，每次他听到那个神秘的脚步声后就马上收到来信，这至少是一个诡异的巧合。

在他心里，他凭直觉隐约觉得整件事情跟他过去的某些经历有关，而那是他最不愿记起的一些事情。

当时，除了婚期将近，巴顿舰长还忙着打一桩非常耗神的官司，涉及对某些财产的长期诉讼索赔的调整。也许对他来说这是好事，因为在官司上的奔波操劳暂时逐渐驱散了心头的阴云，没多久他的精神状态就完全恢复了正常。

不过，在这段时间里，他时不时为那个模糊不清的脚步声而烦恼，在僻静的地方，白天和晚上都能听到。只是，那个脚步声曾带给他那么诡谲的感受，现在它却杂乱无章，又很微弱，他几乎都无法清晰地听到，让他分不清这到底是真的脚步声，还是他的臆想。

一天傍晚，他和一个议员一起步行去下议院，我和他们同行。这是我和巴顿舰长少有的几次交道之一。我们一道走的时候，我发现他心不在焉，也不说话，他似乎正在承受着很大的压力，十分焦虑。

我后来得知，原来我们步行途中，他一直都听到那个熟悉的声音在跟着他。

不过，这种形式的折磨到此就结束了，他完全成了惊弓之鸟。

一种全新的不同的折磨即将登场。

启事

后来发生了一连串的怪事，让他渐渐走向厄运，那天晚上我就目睹了一起，如果不是因为这事与后来发生的一连串事件有关，我现在都快记不起这事了。

我只记得，我们正走过学院绿地，一个人朝我们快步走来。他身材矮小，像个外国人，戴着一顶毛皮旅行帽，似乎极度亢奋，语速飞快、言辞激烈地念叨着什么。

这个长相古怪的人直奔巴顿而来，巴顿是我们三人中走在最前面的，那人在巴顿面前停下来盯着他看了一会儿，眼神里散发着一种极度危险和暴怒的气息，然后又突然转过身，就像他突然走到我们面前来一样，迈着同样激动的步子从另一条路上走远了。我的确清楚地记得，此人的长相和举止让我十分惊愕，同时不可遏制地感觉到了一种莫名的危险，我以前从未有过这种感觉，以后也没有过。当然，这还不至于让我惊慌失措——我只是看到一张充满恶意、狂乱焦躁的脸而已。

不过，这个幽灵般出现的人把巴顿舰长吓得可不轻，这让我十分震惊。我知道巴顿舰长在身处险境时都能做到沉着冷静，可那天他的反应却十分反常。陌生人走上前时，他倒退了一两步，抓紧我的胳膊，一句话也不说，仿佛因痛苦或者恐惧浑身抽搐起来！那人走远不见后，他粗鲁地推开我，跟着走了几步，然后又心神不宁地停下，坐在一张长凳上。他面色如此苍白憔悴，我从没见过比这更苍白憔悴的脸了。

"天哪，巴顿，你这是怎么了？"同行的 X 先生问，看到巴顿的样子他也吓坏了。"你受伤了吗？还是病了？你怎么了？"

"他说什么了——我没听清——他说什么了？"巴顿把他的问题完全撂在一边，问道。

"都是胡话，"X 先生十分惊讶地说，"谁关心那家伙说啥呢？你病了，巴顿，肯定是病了，我给你叫辆马车送你回去吧。"

"病了？不——我没病！"巴顿说，显然他在竭力让自己冷静，"不过，说实话，我累了，可能是有点工作过度，也可能是过于紧张了。你们知道，我一直都在忙出庭的事，官司收尾时总是让人焦头烂额。今晚我一直都觉得不舒服，现在好些了。好了，好了，我们走吧。"

"不，不，听我一句，巴顿，还是回家吧。你真的需要休息了，你脸色太差了。你一定要让我送你回家。"朋友说。

我也跟着他劝巴顿先生，很显然，巴顿先生并非不想接受我们的建议。他不要我们护送，自己回去了。我跟 X 先生还不够熟络，所以我俩也没过多谈论刚才那一幕，只淡淡说了几句，表达了一些遗憾。从他的言行看，我确信他跟我一样不相信巴顿先生真的病了，那不过是为巴顿先生奇怪的表现临时找的说辞而已,我们都一致认为此事必有隐情。

第二天,我去巴顿的住处探望他,从仆人那儿得知他头一天晚上回来后就再没出过卧室,不过他并无大碍,几天内就能恢复。那天晚上,他派人请来 R 医生,R 医生当时在都柏林开着一个很大的高级诊所。据说,他俩的谈话也很古怪。

巴顿详细讲述了自己的症状,他一副恍恍惚惚的样子,讲得很零乱,似乎对治愈自己的病并不是那么上心,这很奇怪。而且,他心事重重,好像有什么事情比他现在的病更要紧。他还说偶尔有心悸和头痛。

R 医生问了一些问题,还问他是否遇到了什么烦心事,是否感到焦虑,他几乎是没好气地连连否认。然后医生就说他只是有点轻微的消化不良,并无大碍,写了一个处方正要告辞,巴顿先生就像猛然想起什么来似的,叫住了他。

"等一等,医生,我差点忘了,可以请教你两三个医学问题吗?这些问题可能有些怪,但你的回答很重要,希望你能理解我的冒昧。"

医生很乐意为他解惑。

巴顿似乎有点难以启齿,他沉默了一会儿,走到书架边,然后又走回来,终于坐下,开口道:

"你可能会觉得这些问题很幼稚,可是我不能随便放弃,所以我必须提出这些问题。我想先了解一下破伤风这种病。要是有人真的得了这种病,而且似乎因此死了,我是说,普通的医生宣告他已经死亡了,那么他还会活过来吗?"

医生笑了笑,摇摇头。

"可是,要是判断错误呢,"巴顿又说,"如果是滥竽充数的庸医呢,他也许会被某些症状迷惑,会不会错把病人在某个阶段的症状当成已经死了?"

"任何见识过死亡的医生都不会在破伤风病例上犯这种错误。"医生回答。

巴顿又沉思了几分钟。"我接下来问的一个问题,可能还要幼稚,不过,你可否先告诉我,国外医院的规章制度,比如说在那不勒斯,是不是很松散,差错百出?会不会在登记病人名字时出现各种马虎大意的错误呢?"

R医生表示无法回答这个问题。

"好吧,医生,我还有最后一个问题。你也许要笑话我,可我必须问。在那么多疾病中,有没有一种病,能让人整个身形收缩、变小,但每个地方都跟原来一样,只是身高体量发生了变化?这种病能造成这样的后果,可能非常罕见,令人难以置信,有这样的病吗?"

医生又笑了,非常坚定地表示没有这样的病。

"那么，请你告诉我，"巴顿突然说，"如果一个人有理由担心遭到一个在逃疯子的袭击，他就不能让人把那疯子抓起来吗？"

"说实话，这是律师该回答的，而不是医生，"R医生回答，"不过我相信，你可以去找治安法官，他会告诉你怎么办。"

然后医生就走了，不过走到大门口时他想起来把手杖落在楼上了，就折回去，可这一去却有点尴尬——他看到一张纸片正在炉火里慢慢燃烧，他认出那就是自己开的处方，而巴顿先生坐在一旁，黯然神伤。

R医生经验丰富，他并没有仔细去看发生了什么，却已足够确定，折磨巴顿舰长的，是心病，而不是身体的病。

几天后，都柏林的报纸上出现了这样一则启事：

> 曾在"海豚号"皇家护卫舰任水手的西尔维斯特·耶兰德，或者他最亲近的家人，请前往达姆街休伯特·史密斯律师的办公室，有好事相告。如果当事人不希望外人见到，可在夜间十二点前任意时间前往，至于交流内容，会遵循严格的保密规定。

之前我说过，"海豚号"就是巴顿舰长曾经指挥的那艘舰船。现在通过各种传单的大量发行和在报上反复刊登，这则奇怪的启事已经尽人皆知，R医生认为，巴顿舰长的极度不安跟他在启事上要找的那个人相关，而那则启事就是他拟的。

不过，不必多说，这只是一个猜想。广告商丝毫没有透露任何有关启事真实目的的信息，也没有透露是谁登的这条启事。

与牧师的交谈

巴顿先生虽然后来渐渐表现出忧郁的样子，但还谈不上真得了病。他虽然一点也不活跃，但还算心境平和，也没有过度压抑。

因此，他很快就恢复以前的习惯。这种更加健康的精神面貌的一个表现就是他出现在了共济会的盛大晚宴上，他本人就是共济会的一员。宴会开始的时候巴顿还是闷闷不乐，心不在焉，比平时喝了更多酒——也许是借此消除心中的焦虑——在好酒与好友的影响下，他渐渐话多起来，甚至有点聒噪，变得不像他自己了。

带着这种不寻常的亢奋，他在十点半左右离开，欢宴的气氛让人鼓足勇气，他想径直去L夫人家，与夫人和他的准新娘待一会儿。

于是，他很快就到了那条街上的夫人家中，愉快地与两位女士聊天。巴顿舰长并没有做出有违礼节的出格言行——他只是喝了点酒来助兴，那点酒丝毫也没有影响到他的思想和举止。

他情绪高涨，长久以来压在心头、在某种程度上让他远离人群的莫名担忧此时完全被抛在脑后，不值一提。可是，随着夜越来越深，伪装的欢乐渐渐逝去，这些痛苦感受又逐渐涌上心头，他又变得跟以前一样恍惚不安了。

最后他起身告辞，带着一种不祥的预感，心头萦绕着各种各样难解的担忧。他感受到巨大的压力，却还是努力故作镇定。

正是这种自尊，让他不顾自己的弱点，踏上了这条冒险之路。请听我细细道来。

巴顿先生本可以轻松地叫辆马车回家，但他意识到，他那么想叫车不是出于别的，而是他自己的迷信与恐惧使然。他也可以走另一条路，绕过神秘的写信人警告过的路线，但出于同样的原因，他也打消了这个念头。带着一种倔强的破釜沉舟的决心，他就想看看之前折磨自己的究竟是什么，如果什么都没有，那就说明之前的一切都是他的幻想。所以他决心走那晚走过的路线，那条路带给他痛苦的回忆，他难言的烦恼也是从那里开始的。不过，说实话，一个初次在敌方炮火下驾驶战舰的领航员所具有的决心也比不过此时巴顿舰长所有的。他屏住呼吸，踏上这条孤独的道路，尽管心中各种怀疑，也有理智的思考，他还是觉得自己遭到了某个恶人的骚扰。

他迈着飞快稳健的步子，悬着一颗心，大气都不敢出，不过，他再也没有听到可怕的脚步声，又渐渐地找回了信心。这条路的四分之三都走完了，平安无事，只见前面闪烁着长长的一列油灯，那就是热闹的街区了。

可是，他只庆幸了片刻，从他身后几百码处突然传来一声火枪响，一颗子弹嗖地擦着他的脑袋飞过去，吓了他一跳，他立马又惴惴不安起来。第一个反应就是回去抓枪手，可是我们之前说过，路两边都是一些地基建筑，再往外就是荒地，堆满了垃圾和没人管的石灰窑与砖窑，而现在一切都归于沉寂，仿佛什么都没有发生过一样，仍是乱糟糟黑漆漆的一片。在这种情况下，单枪匹马地追踪一个凶手显然是徒劳的，而且也听不见任何声音——无论是杀手逃跑的脚步声还是别的动静，他根本没法去追踪杀手。

刚刚死里逃生的巴顿惊魂未定，转身快步前行，不过他并没有跑起来。

他刚转过身来快走了几步，突然碰上那个令他记忆深刻的戴着皮帽子的小个子男人。他们只是擦肩而过，那人跟以前一样迈着夸张的步子，跟过去一样一脸邪气，而且擦肩而过的时候，巴顿还听到他愤愤地低语："还活着，还活着！"

现在，巴顿先生的精神状态让他的健康和面容也随之发生了变化，人人都看出来，他仿佛变了一个人。

不过他并没告诉警方有人企图谋害他和他死里逃生的经历，什么原因只有他自己才知道。他小心翼翼地守着这个秘密，过了好几个星期，他实在无法忍受心中的煎熬，才不得不将秘密悄悄告诉了一位绅士，向他求助。

可怜的巴顿，尽管心中忧郁沮丧，却不得不在世人面前装出一副自信乐观的样子，因为他不想让外界猜测他和蒙塔古小姐之间的关系出了问题。

他痛苦的真正根源，以及与他有关的每一件事，都被小心翼翼地藏在心里，似乎他隐约知道这几次诡异遭遇的原因，而那原因他不能也不敢对外人透露。

于是，巴顿只能承受心灵的自我煎熬，心头的焦虑不敢向外人诉说，一天天越发严重，他变得越来越神经质，在这种状态下，那个一开始就占据了他想象的幽灵越来越频繁地出现在他的脑海中。

就在这个时候，巴顿舰长拜访了当时著名的传教士 X 博士，他俩原是泛泛之交，随后他们进行了一次非同寻常的谈话。

仆人通报巴顿来访时，这位神学家正在神学院自己的房间里，周围都是他喜爱的专业书籍，他正沉浸在神学研究中。

巴顿显得既尴尬又亢奋，面容憔悴不堪，那种难过的样子让博士十分震惊，他觉得这位客人最近一定是经历了可怕的事情，才让自己的面容发生了如此惊人甚至是震撼的改变。

一番客套寒暄之后，巴顿舰长显然觉察到了自己的来访让博士十分惊讶，而博士无法完全掩饰他的惊愕，于是巴顿率先打破沉默，说道：

"博士，你也许会觉得我的来访很奇怪，我们只是泛泛之交，我本不该冒昧打扰，但我这次来既不是闲得无聊，也不是无端打扰。我相信，等你知道我多么痛苦后，你也不会那样看我的。"

博士很有风度地安慰了他一下，巴顿又接着说：

"我是来向你求助的，希望你能耐心听我诉说。除此以外，我还需要你的仁慈、你的同情心，因为一直以来我太痛苦了，现在也是。"

"亲爱的先生，"博士说，"如果我能带给你安慰，我也会无比欣慰的。不过，你知道……"

"我知道你要说什么，"巴顿连忙说，"我不信神，所以就无法从宗教中获救，但也不能一概而论，至少，无论我的信仰多么不确定，你不能说我对宗教没有浓厚的兴趣。最近发生的事让我以一种前所未有的坦诚、谦卑的心态来审视整个问题。"

"我认为，你现在遇到的麻烦正是神圣启示的证明。"博士说。

"为什么？不，也不全是，事实上，我很惭愧地说，我的反对意见也不成熟，不过，有一个问题我特别感兴趣。"

他又停了下来，博士催促他说下去。

"事实是，"巴顿说，"不管有没有那个被我们称之为神圣启示的东西，有一个事实我深信不疑，就是在这个世界之外还存在着一个鬼神的世界———一个通常不为我们所见的世界———一个也许有时会以可怕的方式显露一角的世界。我确定，"巴顿越说越激动了，"我知道有一个上帝、一个令人害怕的上帝，还有因果报应，极其诡异，令人震惊，背后是可怕的令人费解的力量。这世界上真的有鬼——伟大的上帝，我完全相信了！有一个残酷的世界，邪恶的力量无处不在，在它的迫害下，我一直备受煎熬！是的，先生，是的——我就置身在地狱的烈火中！"

巴顿说这番话的时候，变得十分狂躁，让博士大为震惊，几乎都吓坏了。他语速飞快，十分亢奋，最重要的是，那种不可名状的恐惧就烙在他的脸上，与他平时的冷静自持形成了鲜明的对比。

巴顿先生自述病情

"亲爱的先生，"博士沉吟片刻，"恐怕你一直都情绪不佳，真的，但我敢说，你的抑郁纯粹是身体原因导致。你只要呼吸点新鲜空气，用点补药，精神状态就会得到改善，你的心境也会像以前一样愉快宁静。经典医学理论把过度的情绪反应归因于身体器官的过度工作或者麻木，这是很有道理的。相信我，遵医嘱，稍微注意一下饮食、锻炼和其他健康要领，你会好起来的。"

"博士,"巴顿有点颤抖地说,"我不能用这样的希望来骗自己。我没有别的指望了,只能盼望有一个比折磨我的幽灵更强大的幽灵出现,打败它,我就解脱了。要是没有的话,我就完了,永远没救了。"

"可是,巴顿先生,你必须知道,"博士急切地说,"别人也像你一样受苦,而且……"

"不,不,不,"他不耐烦地打断道,"不,先生,我不是一个轻信的人,我压根儿就不是迷信的人。我也许完全相反,我太多疑,太难去信仰什么,可是,除非我罔顾事实,除非我将一次次亲身体验抛诸脑后,现在,我不得不相信——那是毫无争议的铁定的事实——我被魔鬼缠住了,我走到哪儿它就跟到哪儿,那个魔鬼!"

巴顿汗湿的脸上带着一种异乎寻常的恐惧和死一般的表情,对着博士,他终于把心底的话和盘托出。

"上帝保佑你,我可怜的朋友,"博士吓呆了,"上帝保佑你,你真的是一个受苦的人,不管你的苦难从何而来。"

"啊,啊,上帝保佑我,"巴顿一本正经地附和着,"可是,他真会保佑我吗?他会救我吗?"

"向他祷告吧,谦卑地、真诚地祷告。"博士说。

"祷告,祷告,"他又重复博士的话,"我没法祷告,我的意志足以撼动一座大山,可我的信仰还不够坚定,我没法祷告,我内心还有什么阻拦我去祷告。你教我的法子我做不到，我完全做不到。"

"试试看吧，不一定办不到。"博士说。

"试试看！我已经试过了，可每次尝试只会让我更困惑，有时候，还会更害怕。一切都是白费劲，不仅如此，每次我一想到造物主的时候，那些莫名的永生啊、无限啊之类的想法就冒出来，简直要把我逼疯，我害怕，不敢再尝试了。告诉你吧，博士，只有别的法子才能救我。我受不了永恒造物主的那套理念，我的大脑无法接受这一点。"

"那么，亲爱的先生，"博士说，"告诉我，你希望我为你做什么——你想从我这里了解什么——我要做什么说什么才能解救你呢？"

"请先听我说吧，"巴顿舰长回答，他带着一种克制的神情，竭力抑制他的激动情绪，"听我说就行了，我把我受到的伤害一一讲给你听，遭受这样的伤害让我的日子已经没法过下去了——我现在怕死，怕死后的世界，也越来越讨厌活着。"

巴顿把我之前详述的事件又讲了一遍，然后接着说道，

"现在这已成为经常发生的事件，我都习以为常了。我不是说我真的能看到一个实实在在的他，感谢上帝，至少那东西不是每天都来。感谢上帝，我还有喘口气的空档，让我从上次撞鬼的、不可言喻的恐怖中摆脱出来，但我还是不安全。我时时刻刻都在想着，无论我去哪里，一个邪恶的魔鬼都在跟着我，注视着我，我一刻都不安宁！毁谤的言辞、

绝望的呼喊、骇人的仇恨一直跟着我，我转过街角时听到这些可怕的声音，我夜里房中独坐时又听到这些可怕的声音，它们无处不在，将可怕的罪名安在我头上，还有——伟大的上帝啊！——它们还威胁我，要复仇，要让我永堕痛苦的深渊！嘘！你听见了吗？"他喊道，带着一种胜利的怪笑，"听，你听，这回你信了吧？"

在一阵突如其来的狂风中，巴顿听到，或者他以为自己听到了飒飒风声中传来含糊的怒骂与奚落声，博士感到他整个人都笼罩在一阵恐怖的寒意中。

"好了，你怎么看？"最后巴顿大喊道，咬着牙齿深吸了一口气。

"我只听到风声，"博士说，"我该怎么看，这有什么大不了的？"

"这是风神的力量。"巴顿咕哝着，打了个冷战。

"停，停，亲爱的先生，"这位学者努力让自己镇定下来，尽管这是大白天，但糟糕的是，备受煎熬的巴顿的神经质依然能影响他人，"你不能再胡思乱想了，你必须抵制住这种幻想的冲动。"

"唉，唉，'务要抵挡魔鬼，魔鬼就必离开你们逃跑了。'[1]"巴顿继续说道，"可是怎么抵挡魔鬼啊？唉，这就是问题，这就是症结所在。我该怎么办？我该怎么办啊？"

---

[1] 语出《圣经·雅各书》第四章第七节。

"亲爱的先生，这只是你的幻想，"满腹经纶的博士说，"你是在自己折磨自己。"

"不，不，先生，这丝毫不是幻想，"巴顿厉声说道，"幻想！难道你和我听到的这些来自地狱的声音也是幻想？不，不，绝不是幻想！"

"你既然频繁地见到他，"博士说，"为什么不去跟他说话或者抓住他呢？你什么都不说就断定他是个幽灵，是不是有点轻率了呢？毕竟，只要方法得当，凡事都能查得一清二楚。"

"幽灵现身跟某些事情相关,具体什么事情没必要说，"巴顿说，"不过，这些事情正好说明幽灵的可怕。我知道，跟踪我的不是人，我说了我很清楚这一点，我还能证明给你看。"他停了一会儿，又接着说，"至于上前跟他说话，我不敢，我也不能那样，我一看到它就浑身瘫软了，我就站在死神的目光下，在得意扬扬的恶魔面前，我的力量、才干、记忆荡然无存，哦，上帝！先生，恐怕你并不知道你在说什么，上帝啊，可怜可怜我吧！"

他胳膊肘撑在桌上，一只手捂着双眼，好像要挡住某种可怕的画面，嘴里喃喃自语，不断地重复着刚才说的最后一句话。

"博士，"他突然抬起头来，用恳求的目光直直地望着博士，说道，"我知道，你会愿意尽全力帮我的。你现在完全知道我的处境，知道我多么痛苦了，我说过我没法自救，我已经走投无路，完全是坐以待毙。

我只能恳求你，好好掂量一下我的事，为我祈祷，或者通过别的方式来帮助我，看在上帝的分上，求你帮帮我，把我从死亡的深渊中解救出来吧。帮帮我吧，可怜可怜我，我知道你会的，你不会拒绝我，我来就是为了这个。给我一点救赎的希望吧，不管多么渺茫，我都会坚持下去，时时刻刻，忍受这个改变了我生活的噩梦。"

博士安慰巴顿，他能做的就是一心一意为他祷告，他一定会做到的。他们伤感地匆匆道别。巴顿快步踏上候在门口的马车，放下帘子，驱车离去，博士则回到房间，回味着刚刚打断他研究的那番奇怪谈话。

再次见面

没多久，人们便议论起巴顿舰长一反常态的古怪举止来，各种各样的说法都有。有人说这种变化是因为他正面临着金钱上的窘况；有人说他当初贸然订婚，如今心生悔意；还有一些人说他只怕是得了精神病。后一种猜测好像是最有道理的，于是便在街谈巷议中流传开来了。

尽管巴顿舰长身上的变化是缓慢发生的，但自打一开始蒙塔古小姐便看在眼里了。由于两人特殊的亲密关系，加之对彼此的密切关注，让她完全能以女性独有的敏锐洞察正在发生的一切。

眼见他来得不那么勤了，举止也变得心不在焉、古怪而焦躁，L夫人三番五次向他暗示自己心中的忧心和疑虑，最终还是忍不住把话摊开,要巴顿给她个解释。

巴顿做了一番解释,乍听之下老夫人和她的侄女确实松了口气,好歹不是天大的事情。但事情的具体细节、显而易见的可怕后果,以及那个无赖男人为何满口胡话,足以让两位女士心中惶惶不安。

最后,小姐的父亲蒙塔古将军终于赶回来了。大概十一二年前,他就与巴顿略有来往,故而了解巴顿的财力和门第,认为他各方面无可指摘,早已视他为嫁女的不二人选。对于巴顿遭遇灵异事件的说法,将军不过一笑置之,当即便去找他的准女婿。

"亲爱的巴顿,"略寒暄一阵过后,他愉快地说道,"听家姐说,你被恶鬼缠上了,而且这恶鬼形貌颇为新奇。"

巴顿闻言,脸色一变,深深地叹了口气。

"行了,行了,这样下去如何使得,"将军继续说道,"你看起来像个要上刑场的人,哪像要结婚的样子。看来这恶鬼真是颇有些手段啊。"

巴顿努力想换个话题。

"不,不,别岔开话题,"将军笑着说,"我今天是铁了心要把你这所谓的神秘事件讲个清楚。我说这话你别见怪,但看到你在春风得意的年纪被吓得如此战战兢兢,就像个顽皮孩子被妖怪吓着了一样,确实让人觉得可惜啊。说实话,我听了他们说的话心里很是恼火,但同时我也相信,只要稍微下点工夫,不出一个星期,这件事的真相便会水落石出。"

"唉，将军，您有所不知……"巴顿开口道。

"没错，但我知道得也不少，所以我有信心，"将军打断他，"你以为我不知道啊，你不就是遇上了一个矮个子男人吗？他戴着帽子，穿着大外套和一件红色褂子，一脸坏相，到处跟踪你，时而冷不丁地从街巷的角落里冒出来，把你吓得像打摆子似的。伙计，不出一个月，我就会拿住这个下流的江湖骗子，要么亲手把他揍扁，要么就拴在马车后面，游街鞭打。"

"如果您知道个中原委的话，"巴顿忧郁不安地说道，"恐怕就不会这么说了。您不要以为我软弱到了那种地步，还没找到确凿证据就得出结论，我也是经历了之后才不得不下此结论的——证据都在这儿，埋在我心里。"巴顿一面说，一面拍打着自己的胸膛。他焦急地叹了口气，仍旧在房间里来回踱步。

"行了，行了，巴顿，"将军说道，"我跟你打个赌，我一定要抓住这个鬼，要不了几天你就没话说了。"

他正说着，忽见刚走到窗前的巴顿仿佛被人重击了一拳似的，往后踉跄了几步，见此情景，他吓了一大跳。只见巴顿面如死灰，嘴唇发白，伸长胳膊指着街道喃喃地说道："那儿——天哪！——它在那儿！"

蒙塔古将军机械地站起身来，从客厅的窗户向外望去，看到了一个人影，只匆匆一眼，他便发现那个人的样貌和他这位夜不能寐的准女婿口中描述的一模一样。

那人原本倚着房子外的围栏，这会儿正欲转身离去。老头子也不多看，当即抓起拐杖和帽子，怒气冲冲地跑下楼去，追到街上，一心想要逮住那个放肆的神秘人，好好收拾他一顿。

结果他四下看了一遍，那人刚才明明就在那儿，这会儿却无影无踪了。他气喘吁吁地跑到最近的街角，希望能看到那个人逃遁的背影，但依然一无所获。他来回奔跑，从一个路口跑到另一个路口，全都是徒劳。直到路过的人纷纷投来好奇的目光和调笑的神色，他才意识到自己的追逐是多么荒唐，于是他放慢脚步，理了一下帽子，貌似平静地往回走去，心中却十分窝火。回到屋里，只见巴顿脸色惨白，浑身不住地颤抖。两人都不说话，各怀心事。最后巴顿喃喃地说道："您看见它了吗？"

"它……你指的是他吧——一个人——没错，我看到了，"蒙塔古不耐烦地答道，"可看没看到又有什么用呢？一眨眼工夫他就跑了。我想把他抓住来着，可我还没跑出大门，他就溜了。不过没事，下次我肯定要把他逮住。哎呀，别让我碰上他，否则我照着他的肩膀就是一顿拐棍伺候。"

不过，任凭蒙塔古将军信誓旦旦，巴顿心中的痛苦依然无法消解。

无论何时，无论何地，那个家伙总是如影随形，把巴顿笼罩在可怖的阴影之下。

这个魔鬼无时无刻不在纠缠着巴顿，令他苦不堪言。

他的沮丧、痛苦和不安一天天加剧，越来越可怕。无止境的精神折磨最终开始影响他的健康。于是L夫人和蒙塔古将军便劝他在欧洲大陆做一次短期旅行，没劝几句他便听进去了。他们希望，彻底改变一下环境，好歹能让他摆脱老地方的影响。他那些持怀疑态度的朋友们都认为，只要出去散散心，他就会发现这一切不过是他自己紧张兮兮的臆想罢了。

但蒙塔古将军如今已经确信，纠缠他准女婿的那个人并不是巴顿凭空臆想出来的，而是一个有血有肉的人，那个人跟踪和观察着巴顿，或许心怀杀机也未可知。

虽然这种假设听来不是什么好事，但有一点是毫无疑问的，如果能说服巴顿这一切并不是他想象的什么超自然现象，他就不至于怕成那样了，如此一来，也免得他的身心继续受到伤害。因此，将军推断，倘若换个环境那个人就消失了的话，他就绝对不是什么超自然的产物。

逃离

巴顿听从了他们的劝说，在蒙塔古将军的陪同下离开都柏林，前往英格兰。他们很快到了伦敦,随后继续前往多佛,再一路顺风驶往加来。自打两人从爱尔兰启航之后,蒙塔古将军的信心就日益高涨,他坚信,这次游历对巴顿的心绪定然颇有益处,因为自打离家之后,那个曾让巴顿堕入绝望深渊的鬼影便再没出现过,这让他感到莫名的宽慰和欢欣。

他原本以为那个人会一直纠缠他的生活,如今终于获得解脱,他的心里开始感到踏实,充满了难以言说的愉快。在自以为终获解脱的狂喜中,他开始畅想起幸福的未来,而此前他已几乎不敢去设想未来。简而言之,看到他的痛苦梦魇终于告终,巴顿和同行的蒙塔古将军都暗自感到庆幸。

船靠岸那天天气晴朗,一群没正经工作的人站在码头上,等着帮人搬行李,客船到岸,人来人往好不热闹。上岸后,蒙塔古将军走在前面,他穿过人群时,一个矮个子男人碰了碰他的胳膊,土腔土调地对他说道:

"先生你走得太快了,当心你那生病的同伴走丢啊。你看,那可怜人儿好像都快要晕倒了。"

蒙塔古闻言转过身去,只见巴顿脸色惨白。他连忙走到准女婿身边。

"伙计,你这是病了吗?"他焦急地询问。

巴顿没有回答,他又问了两遍,巴顿才结结巴巴地说道:

"我看见他了……就在……我看见他了!"

"他？那个无赖？他是谁？在哪儿？他在哪儿？"蒙塔古四下环顾，叫道。

"我看见他了——不过他又跑了。"巴顿有气无力地重复道。

"可你是在哪儿看到他的？在哪儿？天哪，你倒是说呀。"蒙塔古激动地催问道。

"就是刚才——就在这儿。"他答道。

"他是什么样子？穿的什么？衣服是什么样的？快说，快说呀！"将军激动地催问道，时刻准备冲进人群，把那个坏蛋揪出来。

"他碰了碰你的胳膊，对你说了话，还指了指我。老天爷呀！我跑不掉了。"巴顿沉声说道，语气中透出绝望。

蒙塔古闻言，怒气冲冲地开始四下寻找，想抓住那个人。尽管那个和他搭话的人相貌奇特，他记得清清楚楚，人群中却丝毫不见那人的踪迹。

他拉了几个路人帮忙一起找，他们以为他被人抢了，于是热心地帮忙，但最终一无所获。最后将军已累得上气不接下气，茫然无措，只得作罢。

"将军啊，这不是个办法，"巴顿说道，他声音微弱，仿佛受了某种致命的打击，一脸迷惑和惶恐，"再挣扎也没用的。不管它是个什么东西，它都跟定我了——我永远都逃不掉——永远！"

"瞎说，瞎说！亲爱的巴顿，快别这么说。"蒙塔古说道，神情既恼怒又沮丧，"我说，你可千万别这样。我们会抓住那个恶棍的，没事，听我说，没事的。"

但自此以后，似乎一切努力都无法再为巴顿带来一丝希望。他变得无比消沉。

无形之中，这种看似微小的影响迅速摧毁着巴顿的心智、性格和健康。他最大的心愿就是回到爱尔兰，他相信自己已时日无多，而且几乎希望自己回到爱尔兰之后赶紧死去，对人世已毫无留恋。

于是他又回到了爱尔兰。靠岸时，他在人群中又看到了那张阴魂不散的脸。终于，巴顿非但失去了生活的乐趣和希望，甚至连独立自主的意志也消亡了。他任由那些关心他的朋友们安排他的生活。

他陷入了完全的绝望，随之而来的便是漠然，对于朋友们提出的任何措施和建议，他都全然接受。最后，人们决定让他住到 L 夫人位于克伦塔夫的一栋房子里去。大夫坚持认为巴顿所遭遇的一切不过是源自某种神经错乱。所以按照他的嘱咐，巴顿搬过去之后只能待在家里，出入几个房间，从房间里可以看到院子，四周大门紧锁。

之所以采取这些预防措施，就是让他没机会遇到外人，因为哪怕他看到的只是和他最初臆想出来的形象有丁点儿相似，他就又会认为鬼怪现形了。

大夫希望，在这种条件下闭门一个月到一个半月能阻断巴顿心中的一连串可怕印象，从而逐渐消灭那些先入为主的忧虑和联想，那些想法就是他的病根，也是他康复的障碍。

大夫还嘱咐朋友们多和他来往，总之，人们都抱着乐观的期望，心想在如此细致的治疗下，他那顽固的癔症应该可以最终消除。

在 L 夫人、蒙塔古将军和他的爱女，也就是巴顿的未婚妻的陪同下，巴顿搬进了那栋房子。可怜的巴顿，他的生命在恐怖的阴影下逐渐流逝，而他丝毫不敢奢望能最终逃离魔爪。这房子保护他免受侵扰，他内心却怀着难以言表的恐惧。

坚持了一段时间后，这种疗法开始带来显著的疗效，病人的身心健康都逐渐有了明显起色。虽然眼下还看不出完全康复的迹象，但对于那些自从他的痛苦开始之后就再没见过他的人来说，他身上的变化是显而易见的，足以令他们震惊。

对于巴顿身体的好转，人们又是感激又是喜悦，尤其是蒙塔古小姐。她对于他的依恋，以及他的久病给她带来的异常痛苦，都让人们觉得她和巴顿一样可怜。

一个星期过去了，两个星期过去了，一个月过去了，那个可怖的鬼影再也没有出现。到目前为止，这种疗法取得了圆满成功，巴顿的一连串联想消除了，持续的精神压力也得到了缓解。相对有利的环境、与周围人的交际以及某些生活乐趣，如果还称不上享受的话，也渐渐让他恢复了生机。

大约就在这时，L夫人，就跟大多数对家传秘方深信不疑而且总想显摆一下自己医术的老太太一样，派女仆到院子里去，按她给的方子采点香草回来。她嘱咐女仆要仔细挑选，然后交给管家，以便保证疗效。然而女仆还没采到一半，就惊慌失措地跑了回来。在解释自己为什么突然跑回来时，她的说法很奇怪，这让夫人颇为惊讶。

缓解

根据女仆的说法，她按照女主人的吩咐去了院子里，根据方子在花园角落里一丛疏于打理的香草中精挑细选。在愉快地干活的同时，她漫不经心地哼起一段老歌，按她自己的说法是为了"解解闷"，可她的哼唱被一阵不怀好意的笑声打断了。她抬起头来，看到花园荆棘篱笆外面有一个身材矮小、面目凶恶的男人。他就站在山楂树篱另一边离她很近的地方，脸上带着威胁与恶意。

她说自己当时吓得动弹不得，话也说不出来了。那个人让她给巴顿舰长捎个口信。她清楚地记得，口信的内容是：巴顿舰长必须像往常一样到外面去，和朋友们见见面，否则有人必会登门拜访。

说完这番话，那个陌生人便带着威胁的神色，跳下外面的沟渠，抓住树篱枝条，仿佛要翻进来似的——这对他来说是不费吹灰之力的。

当然，还没等他翻过来，女仆便吓得丢下手里的百里香和迷迭香，惊慌失措地转身跑回了屋。L夫人当即告诫她务必对巴顿舰长的事守口如瓶，若有违反便会把她赶出家门。同时，她立即派人在花园和附近的地里展开搜寻，然而却一无所获。怀着难以言说的担忧，她将此事告诉了她的兄弟。不过随后很久这事就没有下文了。当然，大家都小心翼翼地保守着秘密，不让巴顿知情，而巴顿则继续在缓慢地康复中。

最近，巴顿偶尔会到我前文提及的院子散散步。院子被高墙围住，只能看见内部，所以他觉得自己在这里面应该绝对安全。要不是因为有个马夫粗心地违反了规矩，他原本可以再多享受一下这珍贵的宁静。院子对着大路，通过一扇木门进出，木门上有一扇边门，在外面还有一扇铁门。主人下达了严格的命令，要把这两扇门小心地锁上。尽管如此，还是发生了意外。有一天，巴顿照例正在这狭窄的院子里来回踱步，走到院子尽头正要转身往回走时，他忽然看到那扇边门半开着，而那张阴魂不散的脸正在铁栏外直勾勾地盯着他，一动也不动。在这可怕的注视下，他怔住了，定定地站了几秒钟，无法呼吸，面无血色，随后便瘫倒在地，失去了知觉。

几分钟后，人们发现了他，把他抬回了房间——他再也没能活着离开那里。自此以后，他的心智发生了明显却又难以解释的变化。巴顿舰长不再不安，也不再绝望，他的身上出现了一种奇怪的变化——一种超然的宁静——他静静地等待着死亡的降临。

"蒙塔古，我的朋友，抗争是时候落幕了。"他平静地说道，神色凝重，带着敬畏，"惩罚我的是冥界的幽灵，我终于也获得了一丝安慰，因为我知道自己的痛苦很快就要结束了。"

蒙塔古催促他往下说。

"是啊，"他轻声说道，"我受的惩罚差不多要结束了。或许，我永远也无法从悲伤中解脱，但我的痛苦马上就要结束了。我已经获得了安慰，对于余下的日子，无论要面临何种痛苦的挣扎，我都会逆来顺受——甚至是怀着希望去忍受。"

"亲爱的巴顿，听到你这么心平气和地说话，我很高兴，"蒙塔古说道，"只要你找到了内心的平静和快乐，你就能变回过去的自己。"

"不，不——我永远也回不去了，"巴顿悲哀地说道，"我时日无多了，很快便会死去。只要我再见他一次，一切也就结束了。"

"是他这么说的吗？"蒙塔古猜测道。

"他？不，不，他哪能带来什么好消息。我说的这些都是好消息，神圣而甜美，带着难以言说的爱与伤感而来。此中牵涉许多不必、也不当提及的前尘往事，恕我无法向您和盘托出。"巴顿说着，不觉清然泪下。

"好了，好了，"蒙塔古以为巴顿是为自己伤感，说道，"你千万不要放弃。说到底，这不过是一堆噩梦和无稽之谈罢了，顶多就是那个卑鄙的恶棍在捉弄你罢了，他就喜欢弄得你紧张害怕，他乐在其中——那个流氓对你怀恨在心，却没胆子像大丈夫那样报复你，只能使些下三烂的手段对付你。"

"他确实对我怀恨在心——您说得没错，"巴顿说着，忽然打了个寒战，"如您所言，那正是积怨。上帝啊！天堂的正义要恶魔来伸张——一个迷惘的可怕的受害者来实施复仇，而他将自己的毁灭归咎于他奉命追杀的人——正因如此，这种地狱般的折磨才会在世上降临。不过上天待我已算仁慈，因为它最终让我看到了希望。倘若死神不是在我注定要目睹的可怕景象中降临，我此刻就可以安然瞑目了。虽然我并不怕死，我心中依然有一种您无法理解的痛苦——一种狂乱的恐惧，一想到我还要和那个、那个魔鬼见上最后一面，我就心生畏惧。他把我带到深渊的边缘，还要亲自把我推向万劫不复的境地。我还要再见他——再见他一次——这最后一次比以往更说不出地可怕。"

巴顿说着，浑身不住地哆嗦。看到他突然陷入极度的惶恐中，蒙塔古着实有些惊慌，急忙把他引回先前让他似乎平静了一些的话题上。

"那不是梦，"过了一会儿，巴顿说道，"我进入了一种不同的状态——感觉很不一样、很奇怪，但那一切都是真实、清晰而生动的，就像我现在看到和听到的那样——它就是现实。"

"那你听到什么，看到什么了呢？"蒙塔古问道。

"上次一见到他，我就昏过去了，醒来之后，"巴顿接着说，仿佛没有听到蒙塔古的问话，"慢慢地，非常缓慢地，我觉得自己就躺在宽阔的湖边，四周是雾气萦绕的群山，一切都笼罩在一束柔和而忧郁的玫瑰色光芒中。此情此景让人无比悲伤和孤独，但又比任何人间的景色都美。我枕在一个姑娘的腿上，她唱着一首歌，那首歌讲述着我的一生——我不知道那是歌词还是旋律讲述的——我的所有过往和全部未来。伴着这歌声，我心中仿佛已经消亡的情感又回来了，泪水从我眼中流出——既是因为这首歌及其神秘的美，也是因为她那超越凡尘的甜美嗓音。那是我熟悉的嗓音——啊！多美啊！我全神贯注地听着那歌声，看着这孤独的景色，一动不动地入了迷，几乎连呼吸也停住了——唉！唉！我知道那张脸就在我身边，但我没有转过眼去看，就像是被施了魔法一样。就这样，我感觉到那歌声和场景越来越微弱，最后一切归于黑暗和寂静。然后我便醒了，您也看见了，我感到安慰，因为我知道自己已获得了宽恕。"说到此处，巴顿泣不成声。

正如我们所言，自此以后，巴顿的心境转为一种深沉而宁静的忧郁。然而，这也有打破的时候。他深信魔鬼将会再一次，也是最后一次到访，而这最后一次到访带来的恐怖将胜过此前的所有会面。这种情绪完全笼罩了他。这种冥冥中注定要到来的未知的痛苦，让他时常陷入恐惧和慌张，进而令整个宅子都陷入迷信的恐慌中。即使那些假装不信鬼神的人，在夜深人静时也难免担心撞鬼，只是嘴上不愿承认而已。巴顿铁了心，把自己牢牢地关在房间里，而别人也不会劝他出来。房间的百叶窗都被小心地放了下来，他的仆人白天黑夜寸步不离地跟着他，连仆人的床都铺在了他的房间里。

那是一位忠心耿耿、值得敬佩的仆人。由于巴顿独立自主的习惯，很多活都给仆人免了，这位仆人需要做的只是小心谨慎地采取严格的预防措施，严防"监视者"的闯入。他要保证巴顿不会因站在敞开的窗口和门边而受到意外袭击，还要确保寸步不离巴顿，永远不能让他的主人独自一人待着。现在，哪怕一分钟的独处对巴顿来说也像走到大庭广众下一样难以忍受——他心底明白等待他的是什么。

安魂曲

无须多言，在这种情况之下，巴顿和蒙塔古小姐的婚事早已搁到一边了。由于两人年龄以及生活习惯上的巨大差异，蒙塔古小姐这边已不再有那种热烈的爱意了。她虽然伤心、焦虑，但远远谈不上心碎。

蒙塔古小姐费了很多时间和耐心想让这个可怜的病人振作起来，但都是白费力气。她读书给他听，和他交谈，但是很显然，巴顿使出浑身解数,也无法挣脱时刻笼罩着他的恐惧。

年轻小姐们往往很喜欢养宠物。蒙塔古小姐养的宠物中有一只漂亮的老猫头鹰,有一次园丁发现它在破马厩的常春藤上打盹,便乖乖地抓了来献给小姐。

猫头鹰这种阴森丑陋的鸟儿通常不招人喜欢,但女主人一见它便爱不释手,宠爱得有点过了头。虽然这荒唐事看起来不值一提,但我必须提及,因为它与故事的结局有着令人惊奇的联系。

对于这个新宠,巴顿一见就生出一种说不清楚的深恶痛绝。他实在受不了身边有这样一只动物。他对它强烈的厌恶和恐惧几乎到了一种可笑的程度,旁人也觉得他这种厌恶是不可思议的。

做完上述初步说明之后,是时候细细述说这一系列怪事最后是如何收场的了。那是一个冬夜,快到两点了,巴顿照例躺在床上。我们先前提到的那位仆人睡在这间屋子里另一张小一点的床上,屋内还点着一盏灯。忽然,仆人被主人叫醒了,只听主人说道:

"我总觉得那只该死的鸟跑出来了,正躲在房间的某个角落里。我梦到它了。快起来,史密斯,四处看看,把那只鸟找出来。这些梦真讨厌!"

仆人爬起来,仔细在房间里搜寻。这时,他听到了那熟悉的声音,与其说是嘶嘶声,倒更像是一种悠长的喘息,是猫头鹰在夜间出没的声音，它们从秘密的巢穴出来，打破了夜晚的宁静。

这诡异的声音说明它就在附近——声音就是从巴顿卧室门外的走廊里传来的。于是仆人打开门，往外跑了几步，想要把那只鸟赶跑。然而他还未踏进门厅，一阵微风吹来，他身后的门便慢悠悠地合上了。不过门的正上方有一扇窗，白天光线可以透过这扇窗照亮过道，如今烛光从窗里透出来，正好让他看清路。

仆人正往前走的时候，听到巴顿叫他的名字，让他把蜡烛放到床边的桌上。由于巴顿的床被帐幕围着，所以他似乎并没察觉仆人已经出去了。仆人这时已在长长的走廊里走了一段路，听见主人唤他，急忙往回走，又不敢大声答话，怕把房子里的其他人吵醒了。就在这时，他惊诧地听见，房间里有个声音平静地回答了他主人的话，透过门上的窗户，他实实在在地看到烛光游移，仿佛是在按照主人的吩咐移动烛台。

他吓得浑身都瘫软了，恐惧中又掺着几分好奇。他屏住呼吸站在门槛外听着里面的动静，却始终没勇气推门进去。接着，传来了帐幕沙沙作响的声音，好像有人压低了声音哄孩子睡觉。当中他听见巴顿窒息般惊恐地叫道："噢，上帝啊——噢，上帝啊！"他一连叫了好几声，然后里面静悄悄的，随后又传来那种诡异的哄孩子的声音。最后，屋内传来一声痛苦可怖的大喊，带着无法克制的恐惧，仆人冲到门口，用尽全身力气想把门打开,可不知是他慌乱中没拧对门把手还是那门确实从里面反锁上了,就是怎么都打不开。就在他急得又是推又是拉的时候,屋内的呼喊一阵响似一阵,愈发疯狂,同时还伴随着那轻柔的安抚声。仆人吓呆了,惊恐万分之下他顺着过道跑去,焦急地搓着手,不知如何是好。跑到楼梯口时,他碰上了蒙塔古将军,将军也是又怕又急。这时,屋内那可怕的声响停止了。

"什么情况?是谁?你家主人在哪儿?"蒙塔古语无伦次地说,"出什么——天哪,不会是出事了吧?"

"上帝啊,饶恕我们吧,一切都完了。"仆人说着,慌乱地望着主人的房间,"他死了,先生,我肯定他已经死了。"

蒙塔古不再多问,也不等仆人解释,连忙来到卧室门口,转动把手将门推开。就在他推开门的一瞬间,仆人一直在找的那只不祥的猫头鹰突然从床的另一头飞起来,嘴里发出鬼一样的叫声,擦着他俩的头顶,掠过门口时把蒙塔古手上的蜡烛都扑灭了。然后它穿过门厅上方的天窗,消失在茫茫夜空里。

"天哪,原来它在这儿。"仆人好一阵喘不过气来,然后喃喃说道。

"这该死的鸟。"将军低声说,他被这突然出现的鬼影吓了一跳,掩饰不住内心的惊慌。

"蜡烛被动过了,"仆人又怔了一阵,指着房间里仍亮着的蜡烛说道,

"你看，有人把蜡烛挪到床边了。"

"伙计，别傻站着了，快把床幔拉开。"蒙塔古厉声说道。

仆人犹豫不决。

"那你拿着这个。"蒙塔古不耐烦地说道，把烛台塞进仆人手里，自己走到床边，拉开床幔。借着床前的烛光，他看见一个人半坐在床头，蜷成一团。那人紧紧地靠着床背，两只手还死死地攥着被褥。

"巴顿，巴顿，巴顿！"将军喊着他的名字，又是害怕又是焦急。他拿过蜡烛，照着巴顿的脸。只见巴顿的五官仿佛已经凝固，脸色冷峻苍白。他嘴张得老大，下巴掉了下来，眼睛空洞而茫然地望着前方。"万能的上帝啊！他已经死了。"目睹着眼前这骇人的景象，将军喃喃自语道。两人沉默不语，又呆呆地看了巴顿好一会儿。"身体都已经凉了。"蒙塔古低声道，把手从巴顿身上收了回来。

"快看！看啊——吓死我了，先生，"仆人愣了一下，浑身一颤，说道，"床上还有别的什么东西。看那儿，先生，快看，看那儿！"

仆人说着，一边指了指床尾一个很深的凹痕，那里仿佛受过重压。

蒙塔古说不出话来。

"走，先生，看在老天的分上，咱们走吧。"仆人悄声说道。他走到蒙塔古身边，紧紧抓住他的胳膊，惊恐地四下环顾，"我们继续待在这儿又能如何呢？看在老天的分上，咱们走吧！"

这时屋外传来众人的脚步声，蒙塔古急忙让仆人先去拦住他们，一面用力掰开死者紧紧抓着被褥的手，把他摆成躺卧的姿势，以免看起来太过可怕。然后他小心地拉上床幔，去迎接那些赶过来的人。

至于那些与故事关联不大的人物后来的生活，在此就不必多说了。总之，这件神秘事情的谜底始终未能解开。如今这件事已经过去了很长时间，谁又敢奢望时间还能再给这件神秘难解的事情带来什么新的线索呢？除非有一天世上所有的谜底都被揭开，否则，此事将永远笼罩在重重迷雾下。

说起来，巴顿生前只有一件事或许与导致他死亡的痛苦有些关联，他自己似乎也认为是从前犯的罪过招致了后来的报应。他死后没几年，那件事情便公之于众了。那件事情的曝光给他的亲人们带来了痛苦，也给他在人们记忆中的形象打了折扣。

据说在巴顿舰长回都柏林的六年前，他还在普利茅斯的时候，曾与手下一名船员的女儿发生了一段不伦之恋。女孩的父亲听闻此事之后，对他那柔弱可怜的女儿大发雷霆，后来女孩心碎而死。由于巴顿也脱不了干系，那位船员又把矛头指向了巴顿，对他多有冒犯。而巴顿对这位不幸姑娘的遭遇恼怒不堪，于是便利用职权，用最严厉的军规对那位船员进行了惩罚。舰船停靠那不勒斯港时,那位船员逃下船去，但最后死在了城里的一家医院中，死因据说正是他不久前遭受的残酷刑罚。

至于这些往事是否与巴顿后来的遭遇有关,我们不得而知,但至少在巴顿本人的眼里,二者之间有着密切的关联。但是无论那一系列神秘复仇事件背后的缘由和动机如何,复仇是怎么实现的,恐怕到世界末日这个谜也解不开。

编后记

这个故事是由一位善良的老牧师笔录的,他后来又将手稿交给了赫塞柳斯医生。他的叙述有时显得生硬冗赘,但在本书成书之际,编者并未对原文进行一字一词的删改。【赫塞柳斯医生编】

图书在版编目（CIP）数据

神秘的卡弥拉 /（爱尔兰）谢里登·拉·法纽著；
王巧俐译 . —— 上海：上海文艺出版社，2020
（域外故事会神秘小说系列）
ISBN 978-7-5321-7586-4

Ⅰ. ①神… Ⅱ. ①谢… ②王… Ⅲ. ①长篇小说－爱
尔兰－现代 Ⅳ. ① I562.45

中国版本图书馆 CIP 数据核字（2020）第 047840 号

神秘的卡弥拉

著　　者：[爱尔兰] 谢里登·拉·法纽
译　　者：王巧俐
责任编辑：蔡美凤
装帧设计：周艳梅
责任督印：张　凯

出　　版：上海文艺出版社
出　　品：上海故事会文化传媒有限公司
　　　　　（200020　上海市绍兴路74号　www.storychina.cn）
发　　行：上海文艺出版社发行中心
　　　　　（上海市绍兴路50号）
印　　刷：上海中华印刷有限公司
开　　本：889毫米×1194毫米　1/32　印张6.375
版　　次：2021年3月第1版　2021年3月第1次印刷
ISBN：978-7-5321-7586-4/I·6035
定　　价：35.00元

版权所有·不准翻印

想看更多精彩故事？
扫码下载故事会APP

上海故事会文化传媒有限公司　出品（01031）　www.storychina.cn

上海故事会文化传媒有限公司所有图书可办理邮购,免收邮费(挂号除外)
汇款地址：上海市绍兴路74号(200020);　收款人：上海故事会文化传媒有限公司出版发行部
联系电话：021-64338113
如发现本书有质量问题,请与印刷厂质量科联系 T:021-60829062